U0139831

休 斯 系 列

雨中鹰及其他

诗选 1957—1994

［英］特德·休斯 著

曾静 译

广西人民出版社

NEW SELECTED POEMS 1957-1994

by TED HUGHES

Copyright：©This edition arranged with FABER AND FABER LTD.

through Big Apple Agency，Inc.，Labuan，Malaysia.

Simplified Chinese edition copyright：

2021 Guangxi People's Publishing House Co.，Ltd

All rights reserved.

桂图登字：20-2018-097

图书在版编目（CIP）数据

雨中鹰及其他：诗选：1957—1994 /（英）特德·休斯著；曾静译.—南宁：广西人民出版社，2021.2

（休斯系列）

书名原文：New Selected Poems：1957-1994

ISBN 978-7-219-11059-1

Ⅰ.①雨… Ⅱ.①特… ②曾… Ⅲ.①诗集—英国—现代 Ⅳ.①I561.25

中国版本图书馆 CIP 数据核字（2020）第 158020 号

雨中鹰及其他：诗选 1957—1994

YU ZHONG YING JI QITA：SHIXUAN 1957—1994

［英］特德·休斯／著　曾　静／译

出 版 人	温六零
执行策划	吴小龙
责任编辑	唐柳娜
责任校对	周月华　梁小琪
装帧设计	刘　凛
责任排版	潘艳营
封面用图	伦纳德·巴斯金画作

出版发行	广西人民出版社
社　　址	广西南宁市桂春路 6 号
邮　　编	530021
印　　刷	恒美印务（广州）有限公司
开　　本	889mm×1194mm　1/32
印　　张	19.25
字　　数	466 千字
版　　次	2021 年 2 月　第 1 版
印　　次	2021 年 2 月　第 1 次印刷
书　　号	ISBN 978-7-219-11059-1
定　　价	88.80 元

目　录

选自《卢柏克节》（1960）

选自《沃德沃怪物》（1967）

选自《乌鸦》（1970）

选自《穴鸟》（1975）

选自《季节之歌》（1976）

选自《埃尔梅特废墟》（1979）

选自《摩尔镇日志》（1989）

选自《望狼》（1989）

选自《为公国祈雨》（1992）

未辑诗

选自《雨中鹰》（ 1957 ）

思想之狐

我想象这午夜的森林：
有什么别的东西还在活动
伴随这时钟的孤寂
和我手指摩挲的这张白纸。

透过窗我看不到星星：
暗夜里有什么东西
趋近却更幽深
正挤进这孤寂：

一只狐狸的鼻子，冰冷似暗夜的雪
小心精细地触碰着枝条和叶；
两只眼随之而动，一下
再一下，时断时续

在林间雪地里留下整齐的印迹，
在树桩旁小心地落下跛动的影子，
在空洞的躯体里
大胆地穿过

一片片开阔地，一只眼
一种不断弥漫并加深的绿，
闪耀着，凝聚着，
自顾自地成形

紧随一阵突然而剧烈的狐狸热臭
它进入头脑的黑洞。
窗外依旧看不到星星；时钟滴答走动，
而纸上，有了印迹。

歌

噢，女士，得到月亮尖角杯的庇佑
您变成了轻柔的火，带着云的温雅；
执拗的星星向您脸上的眼睛游去；
您伫立，您的影子就是我的位置：
您转身，您的影子凝结成冰
　　　　噢，我的女士。

噢，女士，当海抚爱您时
您是海浪做的大理石雕像，沉默不语。
何时这岩石打开它的坟墓？
何时这海浪不再溅起飞沫？
您不会死，也不回家，
　　　　噢，我的女士。

噢，女士，当风吻您时
您是身姿曼妙的贝壳，让风变成了音乐。
我依然循着海水和海风
我的心因为那曲调，变得支离破碎
被您不怀好意的情人们偷走，
　　　　噢，我的女士。

噢，女士，想想若我失去了您
月亮将满手之物，任意抛撒，
海之手，会从世界的胸脯沉入黑暗，
风之手，所经之处唯余世界的遗骸，
而我的头脑，为爱精疲力竭，终将安息
于我手中，手中满是尘土，
　　　　噢，我的女士。

美洲豹

猿猴在阳光下打着呵欠，欣赏着身上的跳蚤。
鹦鹉们或尖叫着如同浴火，或炫耀着踱步
似低贱轻佻的女子用坚果勾引路人。
慵懒与倦怠，老虎与雄狮

如太阳般静卧。盘曲的大蟒
像块化石。一个又一个的笼子看似空空
却散发着稻草下沉睡者呼吸的恶臭。
这可以画在幼儿园的墙上。

但是谁要是像其他人一样跑过去
到一群人驻足、入迷凝视的笼子那里，
像孩子看一个梦一样，看一只狂暴的美洲豹
透过囚笼的黑暗追赶其眼中的鬼魅

狂烈的熔冶。没有无聊厌倦——
眼睛在火中失明却感到满足，
耳朵因为头脑中血液爆裂而失聪——
他打着转离开了铁杆，但对他而言并没有牢笼就像一个牢笼之于一个梦想家一样：
他的阔步是自由的狂野：
世界在他脚跟的猛推下转动。
越过牢笼的地面，地平线乍现。

名诗人

端详这怪物：发觉
难以说清究竟是什么
在那非常平常的外表下
积聚成可怕的怪物。不瘦也不胖，
　　毛发不浅也不深，

　　一位学徒
一般的气质——比如，一位房屋油漆工
学徒在一群名流
建筑设计师中间：举止像老鼠，
　　他还不是怪物。

　　首先从那双眼睛
搜寻火花、光辉：没有。那儿什么也没有
只有一位功未成名未就的杂活艺人
憔悴漠然的疲惫。他颓然坐进椅子里
　　像个受重伤的人，仅剩半条命。

　　是他暴饮后残留的心魔
还在大杯地吞饮

组织和毛囊里的生命之火、精神之电
把光彩赋予一个普通却热诚的男人？
　　还是女人呢？

　　真相——尽管来吧
和黑色帷幔、鼓声还有葬礼的脚步一起
就像一位伟人的棺材——不，不，他没有死
不过肯定是被半埋进这个真相里：
　　曾经，年轻而无名的

　　屈辱，
困在鲁莽抱负的高压锅里，
如酵母般沸腾的心停下来——
迸发出如此绚烂的才华，沉闷的世界目瞪口呆
　　"再来一次！"他们仍在呼喊。

　　然而他所有的努力
为了从人们的金钱和称赞中
从父母指指点点的手指和孩子的惊讶里，
甚至从他盘着花环桂冠的炽热中，炮制出古老的英雄式震撼，
　　已经毁了他：毁了，

　　而且狰狞可怕，于是，
像剑龙一样，步态笨拙被时代抛弃
一个有着巨大的角和板甲的军火库
来自大半个世界仍在燃烧的时代，一动不动
　　在动物园的围栏里面眨巴眼。

独　白

每当我躺在我的墓碑下
差遣我的花儿上来紧盯教堂的塔楼，
教堂地板的寒气让牙齿打架，
我将诚心地赞美上帝，得见过往，

我打量着那儿的老熟人，
每个人假笑中的自鸣得意，
每一种露骨的态度，
每一张坦承其原初领地的嘴；

但我会再三诚心地感恩上帝
让我躺在女人身边，她们扮怪相
源于她们对肉欲的投入，
而非出于怨恨或者虚荣。

马　群

在黎明前的黑暗里，我爬过树林。
罪恶的空气，一片结着霜的静寂，

没一片叶，没一只鸟——
一个世界嵌在冰里。我从林子上方出来

我的呼气在那铁青的光线里，留下扭曲的雕像。
而一道道山谷把黑暗一饮而尽

直到旷野的边际——越来越亮的灰色里的黑色残滓——
把前方的天空一分为二。而我看见了马群：

浓灰色中的庞然大物——一共十匹——
巨石一般纹丝不动。它们呼吸，一动不动，

披着鬃毛，翘着后蹄，
没发出一点声响。

我走过：没有一匹打响鼻或扭一下头。
灰色而无声的片段

在灰色而无声的世界里。

我在旷野山岭的空无里倾听。
麻鹬的嘶叫声锋利地划破寂静。

细节缓缓地从黑暗中翻出。而后太阳
橘红色，喷发出一片又一片的红色。

悄悄地，撕裂它的内核，扔开云彩，
把海湾摇荡开阔，露出湛蓝，

巨大的行星群悬垂着——
我转过身

在狂热的梦里跌跌撞撞，往下
朝着黑暗的树林，从正燃烧的山顶

来到马群旁。
　　　　　那儿，它们还站在那儿，
但此刻，在流动的光里，在沸腾在闪光，

它们披挂岩石般的鬃毛，它们扬起的后蹄
搅动在融霜之下，而此刻它们周围的

冰霜却吐露火焰。不过它们还是一声不响。
没打响鼻也没有跺脚，

它们垂下的头不慌不忙就像地平线
高出道道山谷，浸在红色平整的光辉里——

街头拥挤喧嚣，穿越无数岁月、无数脸庞
但愿我还能与我的记忆相遇，在如此孤寂的地方

在溪流和赤云之间，聆听麻鹬，
聆听持久不衰的地平线。

富尔格雷夫的女友们

并非无人与她比肩，也并非
在他出生前或世界诞生前，她就属于他；
并非她有特别的长处
让她猫一样的慵懒和泼辣的嘴
成为人性的索引。她的相貌
不是一位好友愿意评价的。
如果他的恭维过于细致，
例如赞赏她的厨艺或口红，
她的眼睛会予以不快的指责。然而也并非
他可怜她：他没有可怜她。

"任何女人，"他曾说，"与生俱来
都有任何女人与生俱来得有的东西，
有这世界该有的东西，应该有
比才貌双全更多的等同的价值；
而我，有一个男人该有的东西
没有其他选择，我所选择的，
是城市、邻里还有工作，太穷了
还比不上一个最糟的女人。
只要我是这种屎一样的男人

在这屎一样的生活里，我不会去寻求
比这屎一样的女人更好的：才貌双全
是让这张猪拱嘴丧失能力的鼻圈，
是这颗钻石上的扣环。"

由此他决心挣脱梦境
那里，艳羡而轻浮的服装模特
把每一种感官引向杂衣小丑；他决心
赤裸清醒地站立在这漆黑中，动物在那儿跑动，
昆虫在那儿交配，也在那儿相互残杀，
鱼在那儿等水干涸。
                    一次偶然改变了他：
他找到了一个才貌双全的女人
他可以对每一个伙伴夸耀她。

书呆子①

　　　　一片树叶的他性，
留下鲸鱼重重怪影的海底，鹰落脚的山峰
以及悬浮在飞驰的无限之上的星辰，
　　　　失手杀人的惊愕

　　　　被允许进入他的感官：
那么多胆敢赴死
透过他的手指窥看世界末日，
　　　　或一只蚂蚁的头。

　　　　不过更好的防御
胜过任何好斗的傲慢，是幸存的粗暴老兵们
抢劫掠夺，以及那些捍卫者
　　　　健忘，疯狂。

　　　　大脑在熟练的混沌中，
被半透明的墙围着，带着欢迎把世界的敲门声关在外面

---

① egg-head，英语俚语，一个反知识分子的称呼，指与普通人脱节，缺乏常
识、缺乏现实关怀的人。

对着眼睛大睁却充耳不闻的谨慎
　　让它说话。

　　头蛋壳一样脆弱
早已有之，打着转抗拒
太阳的光芒、大地的电光：
　　生活依靠蛋黄的神秘

　　和无助的寂静
它来自麻木的技艺，来自恍惚的
迂回的手法、迟钝的把戏，
　　还有眼力通透的诡辩术

　　成为名噪一时的"我在"，
成为一颗上仰、积极正面的人头。
眉宇间夸夸其谈的自鸣得意
　　与他露珠般的脆弱

　　镇定自若地串通一气
一定要用极精确的符码
堵住大地隐约逼近的嘴，用没有表情的注目礼
　　去冷对并沾沾自喜，

　　视之为他脚底板的粪土，
用他眼睛红如跳蚤、捕杀苍蝇般的炽热
对抗太阳无处不在的照耀，
　　极力鼓吹直至他彻底耳聋。

吸血鬼

他破门而入的时候，你们这帮人几欲欢呼雀跃：看，
他看到威士忌如何两眼发光，他的机智
如何闪电般击溃这伙人——
你惊愕，他从哪儿得来的活力……

但就在同一时刻，此地，地下至深处，
这具腐臭的尸体掀动它的裹尸布，鼓起。

"停下，停下，噢！看在上帝的分上，停下！"你尖叫
你流下眼泪，但他一直毫不留情地
继续，直到你感觉你的肋骨要折断……

这时，这具尸体的眼睛做着怪相，
把肋部留下的酷刑伤口缝合，挤出的少许血液
如蝎子般爬进它的毛发。

你哀求，跛行，在他疯狂的声音中晃荡，直到
伴着突然一声吐血的咳嗽，他呛着了：之后很快
他颤抖着离开。你瘫倒在椅子上
如落叶般冰冷，你的心跳几乎停止……

在这城市最深的石头下面

这个龇牙咧嘴的袋子被你的血胀破了。

寻求经验的人问道一滴水

"这一小滴水，空气的恩赐，
源自守望的浩瀚蓝天——
（在哪儿？天使们在哪儿？）源自吹进门的风，
塔斯卡洛拉人①，云，一杯茶，
大汗淋漓的胜者，以及腐烂的死鸟——
这一小滴水自远方游历而来，勤勉学习。

"如今附着在我们厨房墙壁的乳胶漆上。
历经世事的眼睛！这没有心—脑—神经的透镜
它曾见过泰初并成为地球中心的珍宝
闪亮照耀黑暗、巨兽的身躯和木材
源自瞬间的闪光，男人的手
把他扶正，清澈、圆润地悬垂。

"已经研究过旅程
在高大教堂的脑袋里，鼹鼠的耳朵里，鱼的冰块里，
在老虎动脉的角斗场里，
在狗肚子的贫民窟里，而没有什么地方

---

① 美国的印第安人，18世纪向北迁移，后加入易洛魁联盟。

是他明亮的眼神不能改善的，而没有什么问题
是他找不到解决办法的。

"德高望重的长者！请允许我们了解您。
给我们读一次日课，一次简单的训诫
经验是如何损耗了您又让您焕然一新，
此刻悬垂在这低微的厨房墙壁上，
噢！那凝缩着上帝之言的露珠
在他话语音节的镜面上。"

他如是说着，大声地，隆重地，而后伫立
等候一个回答，他清楚自己的天性
完全与小水滴同类，是淋巴和血液的兄弟姊妹，
为他自己聆听，为水滴的自我言说。
这一小滴水仍旧是清澈普通的水。
它的回应不比一个出生不到一小时的婴儿

把玩他的指头玩具或咿咿呀呀说话多多少，
而是眉头紧蹙躺了很长、很长时间
在自己敏锐感官的休克下毫无知觉
在那于造物中第一声孤独的哭喊后
进入感官之网，从黑暗中出来，
误入这个肩负世界、可怕的"我"。

遇 见

他在镜子里微笑，在他眼睛的抬升中
整个围着太阳旋转的黄道之光
　　缩成一个小饰品的样子：它是个角色

在里面，他可以猛甩披风，
还可以像浮士德超脱生命。只是一旦
　　在一个空旷的山坡上

一只黑山羊嘚嘚地跑
面朝他，把前脚稳放在一块岩石上
　　居高临下地俯视

一个方瞳孔黄眼球的眼神
蔚蓝天空映衬着黑色恶魔的头，
　　多么巨大的手指

将他抓起放在空空的手掌上
把他转来转去，一只眼凑近
　　那好似一个活生生悬着的半球

看着他的血液闪烁微光
似星辰般缓慢、冰冷且残忍
直至山羊嗯嗯跑开。

风

这座房子远远地漂在海上已经整整一晚，
树林的崩裂声穿透黑暗，隆隆作响的山岭，
窗下的风在田野上奔窜
在黑压压、眩目的雨中挣扎前行

直到白昼出现；接着在橙色天空下
山岭面貌一新，风挥舞着
刀一般的光，黑亮又翠绿的光，
曲折变幻似一只疯眼里的晶体。

午时我顺着房子的边踱步
一直到煤房门前。我向上一看——
透过压伤我眼球的强风
山上帐篷隆隆作响，它的拉索紧绷，

田野在颤抖，天际线在扮鬼脸，
随时会砰的一声翻飞着消失不见：
风把一只喜鹊扔了出去，而一只黑背海鸥
像一根慢慢弯曲的铁棒。房子

鸣响如某种精致的绿色高脚杯的音调
随时都会粉碎。这时
深陷在椅子里，面对熊熊炉火，
我们的心揪紧，看不进书，不能思考，

也无法逗乐。我们看着熊熊燃烧的火，
感到房子的根基在动，却继续坐着，
看着窗户战栗着往里打开，
听到岩石在地平线下大声哭喊。

十月黎明

十月是金盏花，然而
也是露天里一杯半满的酒

留给整夜黑暗的天堂，黎明前
梦见一个征兆

冰越过它的眼，就像
冰河时代平地而起。

践踏过的草坪到处是
前一夜的东西，绿色灌木林

吹着哨在劫难逃。冰
已把它的矛头放置停当。

首先是表层，于此微妙地
遏制风动的涟漪；

迅速用板和铆钉把池塘和溪流固定；
接着成吨的链条和沉重的锁

固定住河流。而后，完全进入眼帘
猛犸象和剑齿虎欢庆

重聚的同时，冰冷的拳头
把世界的内核挤压出火来，

把心脏的内核挤压出火来，
现在是时候起搏了。

伤 亡

地里的农民，笼着蒸汽的窗户后的主妇，
看着飞机燃烧着划过蓝色天际，
好似一只萤火虫与一只蜘蛛搏斗，
远离树林的上空，在晾晒的衣物之间。
他们饶有兴致地等候晚间新闻。

不过，在一个荆棘丛生的沟渠里，
倾倒的草梗突然抽动。麦茬里，一只野鸡
伸长脖子惊愕地环顾四周。
跳出来的野兔，诡异，踌躇，
耷拉耳朵狂奔而去，鹪鹩警啼。

其中一些，看见坠机，烟的信号。它们争相往上，
它们顺着阳光窥探，似乎在那幽暗的荆棘里，
有条蛇或一朵珍稀的花在等着它们——
看到落叶堆成的坟墓突然起伏，
听到一个人活生生从空中坠落，

听他在呻吟还有摸索的响动。他们撕破
杂草、树叶和倒刺线圈的棚屋；他们举起

一个躯体，微风拂过时它闪烁微光，
他们把手印烙在他骨头上。既然
他已没有脊骨，他们把他撑在树叶堆上，

把他的肢体按顺序摆好，撑开他的眼睛，
而后伫立，似鬼魂般无助。在一个
熔入八月月亮的场景里，这烧伤的男人
比他们自己的血肉之躯肿胀得多，
突然间心跳震动了他的身体

而眼睛孩子气地睁大。怜悯
似苍蝇一样紧紧粘住血液。这里没有哪颗心
张得比一个攥的拳头大，在那儿
攥紧自我的满足，它最宝贵的
永不磨损的钻石。他们眼中的泪水

太过纤弱而不忍涌出，
就像哀悼者一般，涌到这般恐惧的边缘，
太贪婪而不愿分享所经受的一切，
苦脸，窒息，死亡的姿势。直到他们低头
看到那块手绢，他的眼睛凝在上面。

拼刺刀

他突然清醒过来开始奔跑——刺痛
穿着刚刚草草缝制的卡其布军服，大汗淋漓，
跌跌撞撞地跑过泥地，奔向一处绿色的篱笆
步枪的射击晃得令人睁不开眼，耳边
是子弹穿破空气噼啪打在肚子上的声音——
他费力地拖着步枪，麻木得像条断了的胳膊；
爱国的泪水盈满他的眼睛
从他胸中如熔铁一般流淌出来——

迷乱中，他那时几乎停下——
在怎样冷酷的星辰和国家发条装置里
他是指向那一秒的指针？他在奔跑
像个在黑暗中跳起的人在奔跑
在他的脚步声之间倾听
他继续奔跑的理由，他的脚悬着
像是腾空横跨的雕塑。就在那时，从弹坑里

一只黄色野兔猛地蹿出，如一团翻滚的火焰
像打谷机一样转着圈爬行，它的嘴
无声地张大，眼睛鼓出。

选自《雨中鹰》（1957）　031

他朝着绿色篱笆举着刺刀猛冲而过，
国王，荣耀，人的尊严，等等
在惊恐的嚎叫声里，像奢侈品一样掉落
为的是逃出那噼啪作响的蓝色空气
他易爆的恐惧炸药。

六个年轻人

这照片的底片正好容得下他们——
六个年轻人，他们的朋友都熟悉。
逝去的四十年把这张照片染成了黄褐色
却没有给里面的面孔和手增添一丝褶皱。
尽管他们戴着的三角帽如今已算不得时尚，
他们的鞋却闪闪发亮。一个露出亲密的微笑，
一个嚼着一根草，一个低垂着眼，羞红了脸，
一个滑稽可笑，带着趾高气扬的傲慢——
拍下这张照片六个月后，他们都死了。
都是在一次礼拜天远足时折了生命。我清楚
那长满覆盆子的河岸，那棵茂盛的树，那堵黑色的墙，
还在原地并无变迁。在这几个人坐的地方
你听得见七条小溪的水
落进河底的咆哮声，空气里的流言
穿过整整一条枝繁叶茂的山谷。
在此定格，他们还带着正在聆听的表情，
那山谷的声响没有一丝改变
尽管他们的面孔却已长眠地下达四十年。

这一个在一次进攻中被击中了，

选自《雨中鹰》（1957）　　033

他躺在铁丝网里求救，而这一个，他最好的朋友，
冒险去救他回来也被击中了；
这一个，就在有人提醒他
不要在无人区胡乱朝洋铁罐子开枪的时候
倒地身亡，他的步枪瞄准镜都被打掉了。
剩下的，没人知道他们的结局如何，
不过他们肯定是陷入了最糟的境地，
它比希望离他们更近；都被杀死了。

看看这里，一个男人的照片，
一个微笑的项链坠，一夜之间
变成医院收留他最后
残破的痛苦和煎熬；在它里面看到
他比一个男人还要健壮却已死去的身躯和重量：
在这唯一让他活下去的地方
（穿着礼拜日的盛装）目睹
能想到的战争最糟的闪光和撕裂，
坠落到他的微笑上，花四十年腐烂成泥土。

那个男人已经不再富于生气了，你和他打照面
和他握手，看着矍铄，听着嗓音洪亮，
不及这底片里六张笑脸中的任何一个，
史前或神话里的野兽都不会那样死气沉沉；
没有什么思想能像他们升腾的血液那样生动：
端详这张照片很可能让人发狂，
这里有如此矛盾却永恒的恐惧

微笑源自仅有的一次曝光
从它的一瞬和热度里掮起各自的身体。

法勒主教的殉道

被血腥玛丽派人烧死在卡马森①。"如果
我在火刑面前畏缩，就不要相信我的布
道。"（他被绑上火刑柱时说的话）

血腥玛丽恶毒的火焰可以翻卷：
可以让肌肉萎缩，烧焦
脚、脚踝、膝盖和大腿的骨头，
把肚子烧开，让他的心脏变成灰烬掉落；
她的士兵们可以叫嚷，当他们
蜂拥着扔干柴的时候："这就是她的布道。"

脸色愠怒围观的威尔士居民们
听着他在火舌里噼啪作响；他们目睹
黑色螺旋形渗出物不断冒出难闻的气味
刺激着他们的肺连连干呕；他的讲道坛
从未如此让他们的眼睛这样发直，
从未如此，像此刻的剧痛那样，他的智慧

---

① 血腥玛丽，这里应指玛丽一世（1516—1558），成长于欧洲宗教改革的大潮
中，登上王位后，对新教徒采取了高压政策，她统治的五年（1553—1558）
中，300余人被烧死在火刑柱上。卡马森，英国威尔士达费德郡首府。

多么愚昧的方式，为了确立
对他信众的占有！于是她抓捕了他们的牧师
捆着他扔进他们眼中
这火影里，好像这样做就能够烧灼
他们给予他的信任，并在残肢上
烙下她的宣言，让质疑变成非法。

所以可能是这样的：目睹他们的榜样
和导师因为布施日课被烧成焦黑的灰烬，
他们的沉默可能表示否定他而转向她，
把他用威尔士帽子教授的一切束之高阁：
他们看着自己不敬的神父被天堂的火
焚烧，很可能就再听不到以神起誓的话了。

然而在此地燃起的火，就算是来自地狱，
却在他的话语中点燃了一个个小小的天堂
就在他把自己的身体生生献祭入火焰里的时候。
这些话，在它们被默默地散布开来之前，
会点燃他们的身体并变成火舌
把血肉之躯和这做作的世界变成可鄙的蠢念头。

当他们看到他安然烧尽了血液
还有时间的红利，让他的话语日积月累
变成他们耳中单纯的荣耀，
机灵的居民们激动地把它们放进包里：
印记虽不流通，但是它们响彻四方闪闪发亮

跟金子跟任何一个女王的皇冠一样。

奉献出他的一切，而这交易不过是
将他的全部痛苦铸造成小小的法新①，
他的身躯冷酷克制着尖叫
但他给予的难以计数，从他的眼睛里，
从他的嘴里，像荣耀的火喷薄而出，
浓烟把他的布道带进苍穹。

---

① 英国 1961 年以前使用的旧铜币，相当于 1/4 便士。

歌

（选自《淫荡的拥抱》）

她来自什么样的狗盆
　　或鳄鱼腐烂的储物室
他完全不管："这就足够了
　　她在，我在。"

他们抓住彼此的身体
　　倒在一起：
一只小公鸡踩出一串脚印
　　像车夫的鞭子。

他们就这般接合，打结
　　把他们的尾端编成辫条；
他们这样用光华喂饱自己
　　他们不能被发现。

随即———一个奇迹！
　　他们各自变成一块透镜
将创造的火热聚集

另一个则爆发为烈焰。

淫荡！淫荡！坚定地
　你伟大的主角们
面对面地死去，腹满意足，
　在荒废的日光里

那里既没有裙子也没有外衣，
　每一次媚眼传情
都是一颗寒星衡量
　他们孤独的标准。

选自《卢柏克节》（ 1960 ）

霍尔德内斯的五朔节①

今天晚上，母亲般的夏日在池塘里活动。
我低头往腐烂的叶子堆里看——
幼虫在熔炉门口涌动。

        赫尔落日的光斑

让亨伯河②向东面熔化，我南面的天际线：
一根孤零零满载的血脉，它抽干了
北方迟缓的努力成果——谢菲尔德矿石。
沼泽泥塘，毒菇的残留物，从属的
墓地，粪堆，厨房，医院。
不死的北海将之全部吞食。
昆虫，醉了，从空气里掉落。

        起源地，

这些海盐，冲刷了我，大脑皮层和肚肠，
为的是接纳这些残骸。
就像焚化工，如太阳，

---

① 霍尔德内斯，英国东海岸约克郡东部的一个地区。五朔节，欧洲传统民间
   节日，用以祭祀树神、谷神，庆祝农业收获及春天的来临。
② 英格兰北部东海岸的河流。

似蜘蛛，我把整个世界攥在手里。

宛若花朵，我没有爱过什么。

死去的和未降生的都在上帝的鸭绒被里。

那么长的肠道正在生长和呼吸——

这无声的进食者，正在咬穿头脑温床的地板，

和鳗鱼、鬣狗以及秃鹫一起，

和怪异的爬虫与根茎一起，

和船蛆一起，登记它与生俱来的权利。

群星共筑圣母怜子像①。猫头鹰宣称自己神志清醒。

乌鸦饱食而眠，鼬鼠开始露头。

在这些矮树篱里有眼睛守护着的卵，

在地洞里的树根下有刚做好的干草窝。

玩耍的情侣在小巷里欢笑。

北海无声无息地躺着。在它下面

战争在燃烧冒烟：心跳，炸弹，刺刀。

"母亲，母亲！"被刺穿的头盔哭喊道。

加利波利②渗出柯达无烟炸药③，

凝结成初乳，凿进我的上腭，

---

① 圣母玛利亚悲痛地抱着耶稣遗体的画像。
② 土耳其的半岛，一战时发生过加利波利海战。1915 年 4 月 25 日英军在半岛登陆，遭遇土耳其军队顽强抵抗，英军惨败。
③ 一种无烟推进剂，1889 年在英国开发生产。因其燃速慢，被归为低烈度炸药。

花豹毫无表情地凝视，
熟睡的巨蟒盘成圈，
鼩鼱通宵达旦地疯狂。

二　月

狼的肚子里，缝满了大颗大颗的石子；
尼伯龙根狼群寒毛倒竖，似黑色的松林
与红色天穹对峙，在蓝色的雪上；或是在褶皱的罩子上
那意味深长的狞笑——都不够。

一张照片：不列颠最后一只被杀死的狼
没毛的、关节弯曲的脚，切望回归狼群：
从此最糟的就仅剩阿尔萨斯犬。
现在只在梦里听得见呼喊"狼！"，在那里这些脚

在洒满月光的门阶上留下印记，或不停地奔跑
穿过静寂的开阔地，既无身体，也无头颅；
略带些小小的不便
青天白日里都会追逐、围攻一切念头；

出其不意地让他停下来定睛细看
雕刻着绞死在绞架上的狼的版画，
就像瘦骨嶙峋的西班牙狼在笼子里
跳舞，微笑，褐色的眼睛狗一般乞求

扔给他一个球。这些被夺走的脚，
蔑视在笼中、被编成故事或摄入照片的一切，
穿越真实世界的任何地方去搜寻
它们消失不见的头，因为这世界

随着这头、这牙齿、这敏锐的眼一并消失了——
如今，唯恐它们会选择他的头，
他在凄厉的月光下坐着
制作狼面具，嘴紧紧地咬住这个世界。

乌鸦山

农场正分泌出孔洞
在湿漉漉的旷野的陡峭面：
不是风就是雨，
没有哪一样会止步于门口：
一个会让床潮湿，而另一个
会摇晃那无法击碎的沉沉睡梦。

天气和岩石之间
农民们生起火；
母牛摆动着瘦骨嶙峋的背，
猪迈着审慎的步伐
抵挡着天空，踩踏
那终将夷平这些山的力量。

披挂着这飘摇的雾
碎石的山脊在行走。
让这些山恭顺的东西
引惹出血与骨的傲气，
还把猎鹰抛进风中，
在湿透的地上照亮了狐狸。

一个不省人事的女人

俄罗斯和美国彼此纠缠；
威胁推动了一项决议，毫无疑问
它是把母亲的沃土熔合，
岩石在根部熔化，

地球的内核燃烧殆尽：
我们时代的全部心血付诸东流
与树叶和昆虫一起。但是一闪而过的念头
（不要以为是无稽之谈）

与正在嬉戏的
抗拒世界的暗影躲猫猫：它已然明了
没有可信（相信运气）的时日
世界会按期被烧毁；

未来不是灾难性的变迁
而是当下伴病的持续，
历史，城镇，颜面
恶念和不测并不会让它们错乱。

即使互扔炸弹来还以颜色，
即使整个人类都退缩，一切不复存在——
地球在闪光的瞬间消失——
一种没那么重要的死亡

是否到过这白色的病床？
那儿有个人，失去她最后的知觉，
闭上眼再也看不见世界的痕迹
她的头深深地陷入枕头里。

草莓坡

一只鼬鼠在这儿的草坪上跳舞
伴着假面舞者的音乐；
把瞪着眼的野兔喝干，
咬穿文法和胸衣。他们在门上钉牢

肚子上洒满阳光的鼬鼠，
但它通红且无法控制的生命
已从颅骨中舔走了文体学家
像吸鸡蛋一样吸走了那个年代，而后消失

沿着沟渠，那儿的蚊蝇和树叶
压过我们的谈话，钻进某个墓穴——
没有一条狗能跟进去——
钻出来，口干舌燥，在遥远的亚洲，在布里克斯顿①。

————————
① 英国伦敦南部的一个地区。

七月四日

我们从炙热浅滩和海洋获得血液
它们慢慢缩减；冷却
成下水道出口，成为养满鲑鱼的山间小湖。
就连亚马孙也被征税和巡逻

被一些利齿——水虎鱼和美洲豹
设为成套的法律。
哥伦布大声叫卖的声息
吹进内陆穿过北美

杀死最后一头猛犸象。
正确的地图没有怪兽。
如今头脑中游荡的精灵们，
被赶出了旅行者口口相传的

难以企及的岛屿，
离开了他们的天堂和燃烧的地下世界，
在人流来往的十字路口木然等候，
或俯身浏览新闻标题，什么也没记住。

以斯帖①的公猫

这只公猫终日舒展着平躺
似一张粗糙的旧垫子，没有嘴和眼，
频繁的战争和妻室
扯烂了他的耳朵还让他鼻青脸肿。

像一捆旧绳子和铁丝
一直睡到青灰色的黄昏。然后才再露脸
他的眼睛，绿得像拱石：他张大鲜红的嘴打呵欠，
獠牙精细得像淑女的针，闪闪发光。

公猫跳向马背上的一位骑士，
像带钩子的圈套一样抱紧他的脖子
而骑士在骑行中反抗它的抓挠和啃咬。
几百年后，斑斑痕迹留在了那儿

在他倒下的石头上，死于这公猫之手：
那是在巴恩伯勒。这只公猫

① 即 Esther，《圣经》中的一位美丽的犹太少女，被选为王后，利用自己对
国王的影响力使被俘的以色列人免受迫害。

仍会悄悄地把落单的狗开膛破肚，
会把你天真小母鸡的首级彻底取走，

杀不死他。在狗的狂怒中，
在近距离平射的枪声中
他毫发无损，从小猫一般
猫头鹰似的月光里全身而退

消失在垃圾桶中。他纵身跳起
轻轻地漫步在睡梦里，心思在月亮上。
每夜在人的球形世界上，
他的眼睛和呐喊扫过屋顶。

威尔弗雷德·欧文①的照片

当议会中帕内尔②的爱尔兰人
坚决要求废止
英联邦海军的九尾猫③，
是什么把他们关在了外面？
既非爱尔兰人也非英格兰人
与那十年无关，而是关乎人类。

意料之中，议会
一致反对这项提案。一旦
放任守旧派把束缚
从脖子上扯断，感恩戴德，就会看到他们消失
毫无廉耻，仅留下纪念碑——
特拉法加④并未名声大震。

---

① 威尔弗雷德·欧文（1893—1918），一战中著名的英国战争诗人，在一战
中崭露头角，也在一战中陨落的"战壕诗人"，他围绕战争的主题，怀着
极大的同情心，书写了战争的残酷及对人精神的影响。
② 帕内尔（1846—1891），爱尔兰民族主义政治家。
③ cat-O-nine-tails，也称"九尾鞭"，由九条皮带编成的一种英国古代刑具，
也是英国皇家海军的重体罚的刑具。
④ Trafalgar，位于西班牙南直布罗陀海峡西端。1805 年，英国海军在这里与
法国和西班牙联军作战，大获全胜。为纪念，伦敦修建了特拉法加广场。

"令之终止无异于
舰船没有火药和炮弹
只有白兰地和女人。"（笑声）听到这儿
一位机智又深谋远虑的爱尔兰人
提议把一只"猫"① 带进议会，让它坐观
绅士名流们抚弄它染血的尾巴。

于是……
　　　　毫不张扬，无人反对，
提案通过了。

_____

① 　cat，与"九尾鞭"（cat-O-nine-tails）有内在关系。

遗　骸

我在海边找到了这块颌骨：
那儿，螃蟹，星鲨，被大浪击碎
或被抛来抛去半小时，变成硬壳
延续着开端。深海是冷酷的：
在那黑暗里，友情不能持久：
没有触摸只有攫住、吞噬。而那些牙齿，
在它们感到满足或它们扩张的企图
削减之前，落入另外的颌中；被啃光。牙齿
咀嚼也会被终结，而颌骨漂到了沙滩上：
这就是海的成就；伴着贝壳，
椎骨，螯肢，甲壳和头骨。

时间在海里咬住自己的尾巴，充盈茁壮，吐出这些
消化不了的东西，各有所图的争斗
在远离海面的深处以失败告终。谁都富不起来
在海里。这块弯曲的颌骨没有笑
而是咬紧，啮合，现在成了纪念碑。

栖息的猎鹰

我坐在树顶，闭上眼睛。
一动不动，没有虚假的梦
在我钩状的头和钩形的爪子之间：
或于梦中操演完美的捕杀和进食。

高高的树何其便利！
空气的浮力和太阳的光辉
对我大大有利；
连大地也把脸抬起供我检阅。

我双脚锁定在粗糙的树皮上。
曾用尽造化的伟力
才创造出我的脚，我的每一片羽毛：
如今我把万物控制在脚下

或腾空而起，令之缓缓旋转——
我高兴在哪儿就在哪儿捕杀，因为一切都是我的。
我的身体容不得诡辩：
我的规矩是扯下脑袋——

分配死亡。
因为我的唯一飞行轨迹
是直接穿透活物的骨骼。
我的权利不容争辩：

太阳就在我身后。
我降世后什么都没有改变。
我的眼睛不容许任何改变。
我会让一切就这样下去。

吞火者

那些星星是这些黑暗山丘
血缘上的祖先，佝偻着似劳工，

也是我的骨肉。

蚊虫的死亡是星星的嘴：它的皮，
像玛丽的或是塞墨勒①的，纤薄

如火的皮肤一般：
一颗星落在她身上，太阳吞噬了她。

我的胃口很好
现在要对付猎户座和猎犬座

满口泥土，我的主食。
虫类，根茎类，去到有益之处。

_____

① 古希腊神话中的形象，美丽迷人的凡人，被宙斯相中并怀了孩子（酒神狄
俄尼索斯），被宙斯妻子所骗，要求宙斯以神的面目出现，后因无法承受
伴随宙斯出现的雷火而被烧死。

一颗星刺穿鼻涕虫，

树被卡在群星之中。
我的头颅在触须和树叶间打洞钻行。

画一朵睡莲

一层绿色的睡莲叶
覆盖池塘的会场，并为飞虫们

铺就喧闹的竞技场：研究
这些，这位闺秀心系两头。

首先观察空中那只
吃肉的蜻蜓①，时而子弹般掠过

时而悬停空中瞄准；
另一些同样危险的，则在树下

搜寻嗡鸣声。战斗呐喊
和死亡哀号在附近四处都是

却听不见，所幸眼睛
看得到这些飞虫缤纷的色彩

———————

① dragonfly，与下文中"恶龙横行"的原文 bedragonned 是同词根。

它们的弧光似彩虹，或闪耀，或黯淡
像金属熔成的珠子在冷却

贯穿整个光谱。思考还有什么
比池塘底的自然法则更糟；

远古恶龙横行的时代
那黑暗顶戴拉丁名字爬行，

在那儿没有演变出任何进化，
牙齿对头颅，不变的凝视，

像无视时辰一样忽视时代——
现在来画长颈的睡莲花

她，深陷两个世界，可以一动不动
宛若一幅画，几乎不会震颤

不论是蜻蜓停落，
还是任何恐怖触碰她的根。

摩西牛

再高一点我就能弯腰越过
半扇门高高的上缘，
我左脚横搭在合页上，看向牛棚里面
黑暗的光辉：一种突然闭眼的注视
回望大脑的深处。

     黑色是深度

星辰之外的深处。然而他呼吸的温暖重量，
褥草的氨气味道，带着舌头热度
反刍的糊糊，对着我喷热气。
接着，缓缓地，像是朝着心灵之眼——
砖砌般的额头，脊棱深陷的脖子：
什么东西在那儿走到海湾的边缘，
尚未听闻这世界，过于沉浸于自身而无法召唤，
站着入睡。他会晃动鼻子赶走苍蝇
但是在那儿的一方天空里，我悬着，叫喊着，挥着手，
对他而言微不足道；我们的光里的任何东西
在他那儿都反射不出来。

      每个傍晚，农民牵着他

去池塘喝水，换换空气，
他的步伐仅限于农民

领着他走的步伐，似乎

他对岁月和父辈们所在的大陆一无所知，

他还在子宫里时，关在黑暗的棚子里

在门和鸭塘之间来回踱步；

太阳、月亮和这个世界的重量

锻造出一个铜环，穿过他的鼻孔。

他会抬起喷着热气的鼻子，看向牧场外，

但是青草没有低声唤醒任何东西，

在他封印起来的黑色力量里远方

没有激发出活力。他悠悠然慢步走回来，

既没有停留在他右边的猪圈旁，

也没有停留在他左边的牛棚前：

有某种从容在他的悠闲里，

有人在他的安详里看到了未来。

       我让门敞开，

在他身后关上，并闩上插销。

猫与鼠

满是羊群的山头上，烈日下
鼠蹲伏着，紧盯着一个机会
它不敢抓住，

        时间以及一个世界
太过老旧而不能改变，这五英里①的前景——
树林，乡村，农场——嗡声发出溽暑蒸人的
生命之恍惚。

        无论是两英尺②
还是四英尺，祈祷被压缩得多么短啊！
无论是在上帝的眼中，还是在一只猫的眼里。

---

① 英美制长度单位，1 英里合 1.6093 公里。
② 英美制长度单位，1 英尺合 0.3048 米。

对一头猪的看法

猪躺在一辆手推车上死了。
他们说，它有三个人那么重。
它的眼闭着，粉白的睫毛。
它的蹄子伸得直直的。

这么沉的、深粉色的大块头
嵌入死亡，似乎又不单单是死亡。
它比死了还不如，差得远。
它像一袋麦子。

我不带怜悯地捶打它。
在坟头上行走是对死者的侮辱，
该感到内疚。但这头猪
看起来不会谴责什么。

它死透了。只剩下
这么多磅①的猪油和猪肉。
它最后的尊严已完全失去。

———————————

① 英美制质量或重量单位，1磅合0.4536千克。

它的样子也不逗乐。

此刻已死透了而无人怜悯。
要去回想它的一生，喧嚣声，它曾经
还是个装满尘世快乐的殿堂，
似乎是虚情假意的做作，而且不切题。

真实得让人受不了。它的重量
让我烦恼——怎么搬动它呢？
还有把它切割开的麻烦！
它喉咙上的切口触目惊心，却并不令人怜惜。

我曾在喧闹的市集中奔跑
去抓一头油腻的猪崽
它比猫还快还敏捷，
它的尖叫就似金属撕裂的声音。

猪定然是热血动物，它们摸起来像烤炉。
它们的咬力胜过马——
它们可以干净地咬出半月形。
它们吃渣滓和死猫。

像这样的荣耀和赞赏
很久前就完结了。
我盯着它看了很久。他们要烫洗它，
就像对门前的台阶那样把它烫洗、冲刷。

退役的上校

住在我们街道的尽头

一幅马弗京式的刻板形象，不断老去。

过来了，愠怒的脸上血色如浆，

路过我们的大门去透风。

朝他的驯狗鞭、鞭响声

还有畏缩的印度吼叫：五六次战争

在他通红的脖子里硬化；

眉头因突然发作而紧蹙。

妻子死了，女儿们走了，

靠纪念他自己的夸张形象过活。

用威士忌击穿心脏

好似带着远古的勇气步履蹒跚，不愿屈服

尽管后人的抨击仍在，坚持

他的习惯就像最后的立场，即便

他俨然是要在那座要塞

把维多利亚用米字旗卷起。

那么如果他这种人销声匿迹了呢?

混乱的椋鸟群喧哗

在特拉法加上空。吃人的不列颠雄狮
被一个满是粉刺的时代击垮。
这是他的头安置之处，尽管只是在诗里。
旁边是最后一头英格兰狼的头颅
（那些饥饿、无望的时日！）
以及最后一条泰晤士鲟鱼。

十二月

淹死狗的月份。久雨过后
大地就像古老的湖床那样浸透了，
满是铁青色的树不见鸟踪。沉陷的小径
沟渠——整个夏天都在无声地渗水——

伴着喧响酿出褐色的泡沫：它，和我的靴子
在小径里擦洗过的石头上，在沟渠中的树叶里，
衬着弥漫于小山的沉寂；
雾让水滴在光秃秃的荆棘上发出银色的光

比日光的渐变更缓慢。
沟渠的出租屋里，一个流浪汉蜷缩着睡着了；
脸掖藏进胡须里，缩进他
像刺猬一样的毛发里。我以为他死了，

但他的纹丝不动
有别于腐草和地面的死亡。寒风过后，
一阵新的安抚让他全身收紧，
两只手往袖子里揣得更深。

他的两个脚踝，捆着松垮起毛的带子，

相互揉搓后，重新落停下来。风变得凄厉了；

一阵风把闪着的光从荆棘上摇落，

而雨拖曳着灰色的气柱

又一次模糊了农场。转眼间

田野在跳跃在冒烟；荆棘

在颤抖，周围筛落着玻璃一样的东西。

我继续逗留在这焊住一切的寒冷中

看着流浪汉的脸闪光，落在他外套上的雨滴

闪烁后黯淡。我寻思是怎样坚定的信任

沉睡在他体内——就像汩汩流动的垄沟在沉睡，

就像荆棘的根沉睡在它们紧紧抓住的黑暗里；

还有被掩埋的石头，承受着冬天的重量；

以及小山，在那里野兔咬着牙蜷缩。

雨给大地涂抹胶泥，直到它闪闪发光

像锻打过的铅条，我奔跑，在倾泻的树林里

被一棵倾斜的黑色橡树遮挡。

看守人的绞架上猫头鹰和猎鹰，

挂住脖子，黄鼠狼，一群猫，还有乌鸦：

有的，硬了，没有重量，像晒干的树皮

在打洞的雨里旋转。有的还看得出它们的轮廓，

还有它们的自尊；吊着，下巴耷拉在胸前，

耐心等待这些最糟的时日结束

它打落了它们的皇冠，从它们脚下滴落。

一只水獭

I

　　　　水下的眼睛，鳗鱼般
　　油光水滑的身体，既非鱼也非兽那就是水獭：
　　　　有四条腿却天生水性好，赶超鱼类；
　　　　　长着蹼的脚和当舵用的长尾巴
　　　　　一颗圆脑袋像上了年纪的雄猫。

　　　　携带他自己的传奇
　　在战争或是葬礼之前，不理会猎狗和电极；
　　　　不像獾那样扎根。游荡，高喊；
　　　　　飞驰过他不再归属的大地；
　　　　　像融化了似的回到水里。

　　　　既不属于水也不属于陆地。第一次潜水时寻找
　　某个失落的世界，从那以后他再也无法抵达，
　　　　把他进化演变的身体带进湖泊的坑洞里；
　　　　　就像看不见，劈开推挤的河流
　　　　　直到他舔到水源的鹅卵石；

　　　　用三个夜晚穿过一片又一片海
像个隐姓埋名的国王。向星耀的大地的古老轮廓叫喊，
　　　在沉陷的农场上，蝙蝠来回飞舞，
　　　　　没有答复。直到光和鸟鸣来临
　　　　　和牛奶车一起在路上摇摇晃晃。

Ⅱ

猎人跟丢了他。踩在泥巴上，
在莎草中，鼻孔是一颗浮出水面的珠子，
水獭在此逗留，几个小时。空气，
围绕着这颗球，有点脏但是必须的，

混杂着烟草味，猎狗和欧芹，
小心翼翼地进入沉在水里的肺。
于是眼睛下的自我躺着，
随从，隐遁。水獭

在盗窃和隐匿两方面都适合——
从既能滋养又能溺亡他的水里，
从给了他身长和猎狗的嘴的土地里。
他把脂肪存在透明的外皮之下

映像继续生长。心跳声厚重，
大块鳟鱼肌肉来自要命的寒冷；
血液上的食欲孕育了逻辑；

他会把鱼骨头舔得一干二净。

他能在到处都是紧张不安的马匹的地里
偷偷地和母水獭幽会，却不会在任何地方徘徊。
他会猛地被拉扯到猎狗头上，回归于虚无，
变成椅背上长长的毛皮。

女 巫

曾经所有女人都是女巫
沿着一路的千里光①骑着一根草：
随心所欲地折磨②人：
每一朵玫瑰花蕾，每一个老婊子。

她们是否为自己的身体讨价还价？
当她们怒视强者和走运的弱者
独有的恶魔
驾驭她们所有的想法。

每夜在爱尔兰跳舞，离开
去到挪威（被耕童牵着），
整晚摊开手脚躺在黑人身下，
黎明前再回到她们配偶身边

好像她们梦到过一切。她们梦见了吗？
噢，我们的科学说她们梦见了。

---

① 菊科，多年生草本植物。
② "折磨"与下文的"恶魔"，英文均为 devil。

都在床上如愿以偿地梦见了。
小小的心理学就能拆解它。

婊子们仍在生闷气，玫瑰花蕾绽放，
于是我们经受折磨。就算这些泪水
为我们的伤流下，谁又知道
当她们的头沉睡时，她们的脚在哪儿跳舞？

画 眉

草坪上油亮而机警的画眉太可怕了，
更像钢卷而不像活物——一只镇定
而漆黑的眼睛，两条机敏的腿
对超越感官的动静一触即发——突然启动，跳起，戳刺
顷刻的突袭拖出某种扭动的东西。
没有懒散的拖延，也没有慵倦的注视。
没有叹息也不搔头。只有跳跃和戳刺
一瞬间猎食。

是它们心思单纯的脑袋，还是
训练有素的身体，天才，抑或一窝小家伙
给了它们生命这种子弹般无意识的目的？
莫扎特的大脑是这样的，还有鲨鱼的嘴
它渴求血液的味道，甚至自己身上流出的
它也会自己吞食掉：高效
出击如此流畅，不容任何迟疑拉拽
或任何阻挠使之偏离。

人可不是这样。马背上的英雄主义，
远远胜过大书桌上的办公日志，

在一块小象牙上精雕细琢

经年累月：他的作为自我崇拜——但是对他而言，

即使他躬身融入祈祷，多么吵闹

是在多么狂暴的火焰之上，

又在多么狂野的黑色无声之水下

恶魔们在扰人狂欢，发出赞美的呼喊。

雪莲花

地球正在被紧紧地收缩
包紧老鼠钝滞越冬的心。
鼬与鸦，像是用黄铜铸成，
在外面的黑暗里行动
它们的考虑欠妥，
伴随着其他的死亡。她，也在追寻归宿，
好似这月的星星一样冷酷，
她苍白的头金属般沉重。

狗　鱼

狗鱼，三英寸①长，完美
浑身矛一样的细鳞，绿色快速黄化成金色。
生来就是杀手：狰狞苍老的冷笑。
它们在苍蝇萦绕的水面起舞。

或游动，它们在翡翠床上的高贵
水下优雅和恐惧的剪影，
把它们自己都惊得目瞪口呆。
它们的世界有一百英尺长。

池塘里，受热浪袭击的莲叶下——
它们纹丝不动的幽暗：
记录在去年的黑色叶子上，往上看着。
或在水草琥珀色的洞穴里悬停

颌上钩状的卡子和獠牙
不会在这个年代有所变化；
一种屈服于工具的生命；

---

① 英美制长度单位，1 英寸等于 1 英尺的 1/12。

鳃和胸鳍静静地翕合着。

我们在玻璃后面藏了三条，
在水草的丛林里：三英寸，四英寸，
四英寸半：把鱼苗喂给它们——
突然之间只剩两条了。最后只剩一条。

它天生就有松垂的肚子和狞笑。
也确实是它们谁都不会放过。
每条二到六磅重，超过两英尺长，
在高高的柳叶菜里干渴而死——

一条把鱼鳃挤进另一条的食管：
露在外面的眼睛瞪着：像一把卡紧的老虎钳——
这只眼同样冷酷
即便它的薄翳因死亡而缩小。

我垂钓的池塘，宽五十码[①]，
里面的睡莲和健硕的鲤鱼
比每一块看得见的石头活得都长
修道院撒播种下它们——

寂然不动的传奇深度：
和英格兰一样深沉。它收容了

_____

① 英美制长度单位，1 码合 0.91144 米。

太多狗鱼而无法动弹，如此宽广和古老
以至于黄昏都过了我还不能大胆下竿

只能悄悄地垂钓
头发冻结在头上
钓那动得了的，那些眼睛动得了的。
在黑暗的池塘上，寂静溅起水花，

猫头鹰让飘浮的树林静默下来
在我耳朵微微聆听睡梦时
夜的黑暗之下的黑暗已然自由，
它朝向我缓缓升起，凝视着。

中　暑

恐吓着血管里的血液
割草机在草地里进食。

我的眼已被光闪得发黑。穿过一阵红色的热浪
刈割器，大马士革色，发青，闪耀——

每一阵搅动都会让它们熔融的灰烬
不知不觉滑进我的头。三叶草圆滑地

躬身往后飘拂
越过锯钳令人眩晕的刀刃

直到刀刃咬住——根，石头，撕得一片红——
某个婴儿的身体在周围的根茎中冒烟。

煤油和杂酚油散发的味道
擦拭我的肺，将我修复

在有大梁的机车棚里的麻袋上。
我在石头上、在铁耙犁上喝水；

在一个小坑里昏昏沉沉，听到浓密的雨墙
还有我身边襁褓般禁闭空间里的声响

热血般温暖。我躺着恢复
在一只雄狐残损的身体下面

它的头从其中一根梁上向下悬荡着，
睁着眼，前爪准备着跳跃——

同样错愕于这场雨。

克里奥帕特拉①对小毒蛇如是说

我勇敢面对过锃亮的镜子：里面的恶魔
爱我如爱我的灵魂，我的灵魂：
现在我在一条蛇里寻找自我
我的微笑是致命的。

尼罗河在我体内流动；我的大腿张开
伸到飓风咆哮的加勒比海；
我的大脑隐匿在阿比西尼亚
落败的军队在那儿折翼铩羽。

沙漠与河流再次舒展开。
似乎要给他们带去我喝过的水
它曾让恺撒、庞贝和安东尼沉醉。
现在让蛇来主宰吧。

摩羯座的半神
这位古板的奥古斯都坐骑上身

---

① 通称为埃及艳后，古埃及托勒密王朝最后一任女法老。才貌出众，擅长手
段，一生富于戏剧性。与恺撒、安东尼关系密切。传说以毒蛇咬自己身
亡。

带着他真正的童贞之剑；很快
从我的床上

夺去月牙般的河。就让月亮
用童贞毁了他吧！喝下我，现在，全部
伴着埃及纷乱的过往；而后从我的三角洲
像条鱼一样游向罗马。

琐事集

五月清晨偷鳟鱼

我把半边车身停进水沟里,熄火,坐着。
引擎带着高温的震荡抵达
沉入清晨五点的寂静和冰霜。
在一道长长的大口子尽头——
那穿过第一道光带的暴行
我对着散发异味的车仪表坐着。
我要做的这件事需要小心处理。
我希望这铁家伙马上冷却
而我自己藏身在三块地之外
让这些农场裹回毯子,误以为是飞机经过。

因为这不是那种你能够随意闯进的荒地。
每一片叶子都丰满且婚姻美满,
每一粒土壤都在熟悉的血统里,关系良好。
而这些菜园就像是在婚礼正式开始前
睡着了的新娘。
这些果园是安静的伴娘,刚从修道院来……
太过安静了,像有什么不正常的事要发生。

规矩得过于诡异了，各种各样的监听
蹑手蹑脚地顺着小路走，越过篱笆偷看。

我留神听枕头上猛然睁开的眼睛，
它们的梦被突如其来的恶心汽油味冲走。
它们只消看看外面的绵羊。
方圆两英里内的所有绵羊
都在用剃得像恶魔般饥肠辘辘的牧师神情
把我精准定位。
我现身。空气，毕竟已忘却了一切。
草清甜的长茎和翅膀
被刻印在伟大的高脚杯上。一只鸽子落入空中。
大地正从深处悄悄地、黝黑地涌现，
仍然沉在地表之下。我还没被发现，
但这并不出乎意料。柏油路
带着天鹅绒般的睡意，小山冰冷地露在外面。
新生的大地还包裹在
薄纱和玻璃纸之中，
它贮存的冰霜还停留在边缘上，
它赋予我捅拨和闻嗅的特权。
绵羊没有报春花那么多。
而那边的河，被它自身所震惊，
挠曲着、戏耍着它的光
而闲散的鱼，仅仅出于好奇
浮浮沉沉
当太阳把山脊熔化，涌溅出的光

流过它们的鳃……

我的思绪沉浸着，浮浮沉沉。
天空张开的手臂把我遗忘
在埋着榛果的地洞里。在那儿
我的靴子向下晃荡着，直到一个黑色的东西
突然凶狠地攻击它，河流在下面汹涌，
活蹦乱跳，不怀好意，
如翻卷、震荡的划艇，如暗空
在榛树下，把黑夜的沼泽排干
但我跳下，笔直地站在里面，正对着它，
它又是一条河了，冲刷着它的灵魂，
它的石头，它的水草，它的鱼，它的沙砾
还有榛树下满是根须的河口
冲刷净远处耕地和小路
流入聚积的灰白脏污

一开始，我简直不能看它——
这翻滚的水面，这瓦楞纹
棚屋顶绷紧
成为辫状，河里的巨石激起
爆炸般的沸腾，到处是黑色的水劈裂
形成白色的裙边，一块块镜子
在蹚水的榛树下蛇行。这里很浅
缠住我的膝头，抛投冒牌的回旋漂，
像个溺水的女人爱抚着两只脚踝，

但我更重些，我拖着它们往上游跋涉，
晃着我蓝色的鲦鱼饵
顺着张开喉咙的河口往上
从短吻鳄般的汹涌旁穿越，顺着那儿逃离
在榛树的胡须下面，我切掉
光秃秃隆起的树根上的毛须，
直到我第一个立足点的钓索
缠结在一起顺流而下
我的靴底移动，像被磁石吸引。

很快我到了深水。一群暴徒的轰鸣近面而来
都匆匆忙忙地朝向我
并喧腾着穿过我。我一阵惊慌……
这条急速鲁莽的河简直就是
弹药车和炮车、破烂和金属的溃退之地，
某种整夜的灾难后，葬礼拖长的悲伤
和行星、雷电风暴与黑暗混在一起
在从地图上找不到的花岗岩荒野上，
带着惊恐从我身旁四散而过，它的眼睛
已经目睹的，还有正在见证的，
它们从我头上把旗帜扯走，一种黑暗的坚持
把这些魂灵从我脑际和下面夺走……

要把我猛地拉出来，需要河里
一名真正的成员，它那强健脊骨突然的一拽——
完全由露水、闪电和花岗岩

慢工细活历经四年才能长成。一条鳟鱼，一英尺长，

从水做的披巾里抬起头，

鱼鳍绷紧，如三层桨战船

它画出最后一道宽宽的弧线，

意味深长地看了我一眼。恐惧就此终结

已然变换了场景。

此刻的我是个画中人

（在一颗长着疥癣的狐狸头标本下）

大约绘制于 1905 年

画里河流冒着气，梨花上的冰霜

正在融化。铜色的珠颈斑鸠

咕咕吐露着多彩的声音，而太阳升起

在一个久经历练而古老的世界上升起。

水

在沼泽地里人们失踪并死于窒息

在高地上山羊的肠胃失调

在峡谷中蟾蜍靠星光过活

在沙漠里骸骨穿过骆驼的鼻孔

在海上白熊弃绝溺水而亡

在深海唯有鲨鱼的牙齿在反抗

在高空鹰会爆炸

穿透空气的瀑布，人变成炸弹

在两极零度是唯一的炉床
水没有消失，很舒适，自在——

偶尔伴随着它的妻子，岩石——
一位张开双臂的主人，郁郁寡欢。

回　忆

困境正在激增要流产——
母亲，母亲，母亲，我是什么？

光之手，光之手
清洗拘挛扭捩的黑暗。

母亲，井里的鳝鱼在吃月亮！

如果我停止心跳屏住呼吸

针自己会穿线。
不惧我"不在"的"非人"的寂静

一只老鼠在搓板形绉缩中发育。
姜黄色蜘蛛的鼻子对着我编织它的茸毛。

爪子慢慢落到我手掌上。
一只山猫一动不动地待在那儿，

鼻子游移着试探我。
我是一只老鼠的记忆吗？

我一惊，它跳过自己的影子
进入我母亲的鞋子

鞋子扭曲变形。
　　　　　　　我惊慌失措地飞起来
进入附近一棵榆树的冬天。

教　程

像个支起的脑壳，
他的幽默是中世纪式的。

那些大部头都是什么？墓板
印着人类干枯的遗骸。
他取出一些来，我们把它们炖成一块深色琥珀，坐着啜饮。

他很胖，这张胀破的熊皮，不过他的头脑却是只电动螳螂
把文字的头和腿扯下，做成人彘。
我人瘦却也不能腾挪身子，我在北极的冰层下麻木地绕
　圈圈。

这位学者把茶滴落在

领带上，气管里滤出咕噜声

穿过码头的水草，它让探索的面具

变得高贵，进入这深渊，像一个海港，

像斯芬克司①悬崖，

像这纸质的鱼头骨

存放在沙丘里，夹着几根稻草，

被干冷的空气搜刮劫掠。

他的文字

抽搐着沙沙作响，抽搐着

沙沙作响。

这满目疮痍的世界透过那些裂隙窥探。

我聆听

用黯淡的眼窝。

树

我悄声和冬青说话……

一阵沙沙声回应——黑暗，

---

① 斯芬克司是希腊神话中一个长着狮子躯干、女人头面的怪兽，它在忒拜城
附近的悬崖上，向过路人出一个谜语："什么东西早晨用四条腿走路，中
午用两条腿走路，晚上用三条腿走路？"猜错的会被杀死。俄狄浦斯猜中
谜底：人。斯芬克司羞愧跳崖而死。

黑暗，黑暗，一线微光紧张地后退
缩进满是碎兵器、正在关闭的巢穴，
像只乌贼遁入自卫的乌云。
我摘下一片带刺的树叶。没有抗议。
微光悸动着，看着我。

我悄声和白桦说话……
我的呼吸爬升到一个震颤的世界。
她戴着面纱吗？
她是她自己的源泉
她佯装不在场，或是变成空气
让自己从指尖渗出，
直到树干变得苍白，像水面上的一个倒影，
而我也感受到自己鬼魂的触动——

我继续前行，目视前方，
努力聆听这呐喊声
想必它与那些少女般轻盈的姿态为伴，
它捕获溃散的座头鲸
在黑莓和欧洲蕨当中趔趔趄趄——

沉寂。

树啊，是你自身的奇异，在潮湿的树林里，
让我显得如此可怕
我甚至不敢听自己的脚步声。

湖

伪装得比竹节虫还要好，

有几分像机敏的犰狳，
在我漫步的时候湖随着我一起转动。

在我脚边嗅来嗅去，找我可能掉落或踢起的什么东西，
舐得石头上都是口水，从嘴里传出鼻息声

进入破碎的玻璃，哐得牙床直响。
它已吃掉几个跟我一般大的

没有显现出偏好——
瞬间，随着一阵溅水声，吃掉了我献上的任何东西。

它在浪里肆意翻滚，或躺着晒太阳，
消化着老旧又不省人事的自行车

还有一些鞋子。下面的鱼
不知道它们已经被吞食

那边的女孩也不知道，她在小船的船尾
尝试用她的倒影来试它的深浅。

然而水流出口是多么怕它！

把它拖出来，

黑黄相间，一条躁狂的鳗鱼，

用棍子和石头把它打死。

婚　姻

气急败坏地说到岔气，话音未落，
你突然惊起，被你自己的泪水吓到。
然而你的肌肤，门，狭长的花坛
都不能阻止你的搜寻
通过不人道或人道的一切
去品味并占据女人的空间
好似水做它该做的那样。
然而河流
是对它自己水体的祷告
在那儿我们这个世界循环不断地倾泻
在沉静中——
大家的平静，不啻你独自的平静。
没有动静只有生根的杨柳。

你血液的运转源自岩床
并不轻快，却清晰地雕刻出你的双眼
当你的双唇陷得更深

进入集结的黑暗。

小事件

老人的血已经发话："够了。"
没人有勇气看着他继续下去。
他的照片是冰冷的怜悯，放在那边的壁炉架上。
这样他的嘴变成了纽扣孔，四肢变成了包裹起来的铁。

临死时他的眼睛看着事物之外的东西。
他们是沙滩上可怜的后卫军
流着泪，怀着他所有的希望，从弥漫的硝烟
转向大海找寻救世主

而他只在尘世中起作用。

这样，树下一只旋木雀，正睡在枯死的草上 ——
它瞎了，它的眼睛像吸血虱一样没有光泽
靠疾病阴郁的脸为生。
我把它放在干草上，它的头向前垂落，它死了

想必进了慈悲地抔住它的什么东西。

一只灰色、年老的老鼠，弓着背瑟瑟发抖
在光秃秃的小路上，在十一月的细雨中——
一个虚弱的小包裹，邮寄中破损了仍无人认领，

里面的物品对谁都不再有用。

我捡起它。它既没有看着外面也没有看向里面。
它的原子奏出的惊人的音乐
在我的手指上颤动。我盯着它看的时候，它死了。
一只灰色、肮脏的老鼠，遍体都是陈旧的伤疤，

它的血已经发话："睡吧。"

这样，今年一只雨燕的胚胎，从掉落的卵里早早地破壳——
那儿，在矿物的碎片当中，
盲目的血躁动了，
解脱了，

迷离恍惚，陷入满怀希望的沉睡。

乌鸦苏醒

我爆炸了，一朵蘑菇云，垂着头，我巨大的手指
摸索整个旷野，就像幽灵。
我变得比水还小，我浸染进土壤碎块。
我越来越小。
我的眼睛从头上掉下，落入一个原子。
我的右腿立在屋里像狗一样朝我咆哮。
我试图用毛巾把它血淋淋的嘴堵死
它却向前跑去。我趔趔趄趄地追它
跑了好远来到一个奇特装置前，它就像陷阱
用人的肠子做诱饵。
一块石头发出咚咚声，一只眼从一只猫的屁眼里盯着我。
我逆水而上，被洗净，在雪水里，逆水而上。
直至我累了翻过身子。我睡着了。
醒来时我能听到声响，很多声响。
那是我浑身的骨头一起在打战
涨潮时，嵌在碎石里，散落在贝壳
和海鸥羽毛间。

　　　　　胸骨在哭诉：
"我生育众多，也杀害众多：
我曾是一只豹。""不，不，不，不，

我们曾是个俊俏的女人。"一根肋骨大叫。

"不，我们曾是猪，我们作恶，斧子把我们劈成两半。"

盆骨在高喊。而脚上的骨头

和手上的骨头争论道："我们曾是短吻鳄，

我们把一些美人儿拖下水，绝不松嘴。"

还有的说："我们曾是受苦的阉牛。""我曾是个外科医生。"

"我们曾是一块恶臭难闻的灵体外质，让一位修女窒息而死

然后在补鞋匠的地窖里躺了好多年。"

牙齿在歌唱，脊椎骨发出

无法听懂的尖叫声。

我试图悄悄溜走——

我站起身跑。我试图站起身跑

但它们看到了我。"是他，又是他。抓住他。"

它们怒号着追我，于是我撒开腿跑。

一只冰冷的手拽住我的头发

拎着我，双脚离地，把我举高

高过整个地球，在一颗熊熊燃烧的恒星上

唤醒我

选自《沃德沃怪物》（1967）

蓟

面对橡皮一样的牛舌和锄地的手
蓟刺入夏日的天空
或在深蓝的重压下爆裂开。

每一枝都是重生复仇的
爆发，都是碎裂的武器
紧握的一拳，是冰岛的严霜

从一个埋在地下的腐烂维京人的污斑刺出。
它们像苍苍白发和土话的喉音。
每一枝都支配着一缕鲜血。

接着它们变得灰白，像人。
被刈倒，这是一种世仇。它们的子嗣出现，
倔强地带着武器，在同一块地上反击。

无声的生命

露头岩对风

小气。囤积着微不足道的东西，
任由风穿梭于它的指尖，
它佯装一无所有。
甚至连它的苦脸都空空如也，
上面长着源自大海子宫的石英疙瘩。

它认为自己不用交地租，
在盛夏阳光的清算中膨胀。
雨中，它黑黝黝地闪烁着欢喜
好似在收取利息。
同样，它耐得住雪。

不眠不休，不疏漏任何东西
给星球蝇虫般的飞舞
和沉睡中运动的风景记录地标，
它指望于终结时身在其中。
不了解这个他者，这株蓝铃花，

颤抖着，像受到死亡的威胁，

在夏日升温的草坪上，

在那儿——任何借已知的忧愁之名

填充经脉都会遍体鳞伤

不复存在——沉睡着，恢复着，

大海的造物主。

她的丈夫

故意裹着煤灰，阴郁地回到家
弄脏水槽还把毛巾也弄脏
要让她在用洗衣板和硬毛刷的时候
懂得金钱冥顽的脾性。

而且要让她懂得他经历过什么样的粉尘
才换来他的渴求以及满足的权利
还有他用了多少汗水来换取金钱
以及金钱的血汗重量。他要让她卑顺

用新的感恩的理由。
炸好的、脆硬的薯条，放在烤炉里已经有两个小时，
只是她回应的一部分。
听完剩下的，他把它们砰地扔回火里

并远远地在屋子尽头哼唱着
"回到索伦托①"
用瓦楞铁一般洪亮的嗓音。

――――――――

① 意大利南部城镇。

她的后背隆成驼背，就像一次辱骂。

因为他们都有各自的权利。
他们要从煤灰的碎屑中
召集他们的陪审员。他们的辩护状
直达天堂后再没听到下文。

华彩乐段

小提琴家的身影消失了。

一只蚂蚱的外壳
吸入远方的旋风复活了。

一个女人洪亮质朴的喉音行于水面，
满载死亡的河湾。

而我就是这货物
装在棺材里，有燕子伴随。

而我就是这水
承载着注定不会沉寂的棺材。

云朵满是碰撞的外伤
可棺材却逃脱了———一颗黑钻石，

一颗漫出血液的红宝石，
一颗拍打着海岸的绿宝石，

大海托着燕子的翅膀
猛然把夏天的湖掀开，

啜饮扰乱了它的倒影，
直到整个天空跳入水中再猛然闭合，像烧焦的土地仅剩一点
　火花——

一只嘴里叼着鬼魂的蝙蝠
被无声的闪电击中——

忧郁伴着汗水，这小提琴家
撞进乐团，它爆炸了。

鬼　蟹

夜幕降临，黑暗笼罩大海，

一种深度黑暗在变稠，从海湾和海底的不毛之地聚拢

延伸到海的边际。起初

看起来像是露出水面的卵石，它们的灰白色零零碎碎。

逐渐地，剧烈颠簸的潮汐

从它的作品那儿撤回，

其力量从泛着微光的吊舱溜走，而它们就是螃蟹。

巨蟹，扁平的脑壳下，瞪眼看着内陆

像挤在壕沟里的头盔。

鬼魂，它们是鬼蟹。

它们出现

是大海不露声色地把寒冷

倾泻在信步于沙滩的人身上。

它们涌向内陆，进入我们树林和城镇

迷蒙的紫色——令人毛发倒竖的涌动

长长的、摇摆不定的鬼影

像穿透水体的震荡波一样滑行。

我们的墙，我们的身体，对它们而言都不是问题。

饥饿在把它们引向别的地方。

我们看不见它们又无法不去想它们。

它们冒着泡的嘴，它们的眼睛

在缓慢的矿物质洪流里

压穿我们的虚无，在那儿我们懒散地趴在床上，

或是坐在房间里。我们的梦也许是被搅乱了，

或许是我们因为透不过气来，在着了魔的世界里突然醒来，

大汗淋漓，大脑阻塞

在灯光里成了瞎子。有时候，有那么几分钟，一阵

凝视

凝重的沉默在滑行

挤进我们中间。这些螃蟹拥有这个世界。

整个夜晚，要么绕开我们，要么穿过我们，

它们彼此尾随，一个紧跟着一个，

它们彼此交叠，把彼此扯成碎片，

它们把彼此完全耗尽。

它们是这个世界的动力。

我们是它们的细菌，

为它们的生命去死，为它们的死亡而活。

黎明时分，它们在大海边往回横行。

它们是历史的骚乱，是痉挛

在血液的根茎里，在共同的循环中

对它们而言，我们混乱的国家是空空的战场。

它们一整天都在海面下休养生息。

它们的吟唱像一阵纤弱的海风，在岬角的岩石上起伏，

那儿只有螃蟹在聆听。

它们是上帝仅有的玩物。

公共酒吧电视

在沙漠的一片沙脊上

先头部队已经找到污浊的水。他们没有言语；
挨着仙人掌和石化的树
伴着一阵嗥鸣的风麻木地蹲下
所有可见的地平线都一样空空如也。

风带来尘粒，而没有任何东西
关乎妻子，孩子，祖母
携带的先祖遗骨，他们几个月前
离开最后一条河，

以公牛的速度到来。

卡夫卡

他是一只猫头鹰
他是一只猫头鹰，腋窝里文着"人"字
在折了的翅膀下
（被这堵耀眼的墙惊呆了，他掉落在这里）
在折了的翅膀下，巨大的阴影在地上抽搐。
他是个披着无望之羽的男人。

再看美洲豹

他滚动他满身的圆球，

屁股部位的关节忽隐忽现，压低脊柱

带着迅疾的紧迫

像一只猫在人扔石头的时候潜行，

斜着眼张望，

在脊柱下奔跑。树桩一样的腿，可怕的摇摆步态

像个粗壮的阿兹特克人①开膛手，

挥舞着棍棒，试图在他的后腿中间

研磨出某种方正的槽臼来，

他抬着头就像是火星飞溅的火盆，

而他嘴上黑色的部分，

他将之放在后牙之间，他必须把毛皮磨损，

当他在水槽边转身的时候，他挥动膝头，

在磨光的地方转动他脚后跟上的球，

展露他的肚子如同一只蝴蝶。

每跨一大步他都得算计弯角

并做出修正。他的头

完全像另一只美洲豹磨剩的残肢，

---

① 北美洲南部墨西哥人数最多的一支印第安人，以战俘祭奠神灵。

他的身体就是向前推动的引擎，

把空气向上托升也往下挤压，

他沉重的獠牙挂在张开的嘴上，

下巴在地上刮刷。一副贪吃的表情，

匪徒模样，棍子般的尾巴在后面笨拙地移动，

他把自己磨成粗壮的椭圆形，

低声念着某种曼怛罗咒语①，某种凶杀的击鼓歌

为他的盛怒增辉，让他的皮肤

变得难以忍受，在玫瑰饰物、该隐烙印的刺激下，

把那些斑点从里面磨掉，

让某种复仇圆满，像转经筒一样运作，

头拉扯着向前，身体紧跟而上，

后腿紧跟在后。他蜷缩，

他挥舞粗黑的尾巴好似在找一个目标，

匆匆穿过地下世界，无声无息。

---

① 印度教、佛教咒语，一般认为具有神秘的力量。

羊齿草

这是羊齿草的叶，展开一个姿势，
像一个指挥家，他的音乐此刻正要中顿
整个世界伴随
这沉默的音符肃然起舞。

老鼠的耳朵展露出信任，
蜘蛛接受了她的遗赠，
而这视网膜
用水质的缰绳驾驭着造物。

同时，在它们中间，羊齿草
肃然起舞，似返回士兵的羽冠
在矮山之下，

进入他自己的王国。

车　站

I

突然间他可怜的身体
让他困倦的心
不再与世隔绝。
葬礼开始前
救生艇一样的棺材被震成碎片
而巨大的星辰正游过他曾经到过的地方。

一段时间后

门边比他活得更久的郁金香花梗，
还有他的夹克、妻子，以及他最后的枕头
紧紧抱在一起。

II

我能理解
年迈干枯的形骸

憔悴的眼神

被大海击碎，他们从那儿喝不到任何东西。

Ⅲ

他们已陷入更深的劳役。他们下去
和上帝一起在海滩上劳动。
他们在黑线鳕的拇指下发胖。
他们欢快地穿过比目鱼歪曲的嘴

在无人知晓的地方也不在此地我什么都不知道
家禽商贩的野兔叫喊着
倒挂在人行道上
眼睛盯着一个血淋淋的袋子。不在此地

眼睛在叫喊

从镜子里无垠沙漠的深处。

Ⅳ

你是一个狂野的眼神——来自一颗
由你的缺席产下的卵子。

在巨大的虚无中，你扬扬得意地坐着，

潮湿雪地里的乌鸦。

要是你能做一次比较——
你的情况悲惨，你可能会放弃。

然而你，从一开始，就向绝对的虚无投降，
接着把一切托付给它。

缺席。
是你自己的缺席

透过你技艺娴熟的音乐间歇里哭泣，
用它斗篷的黑暗盘绕你的进食。

V

不论是你说它，想它，懂它
还是都不，它都会发生，它总会发生
就像车轮越过轨道
越过脖子留下脑袋和词汇毫无用处，
在鞭打过的车前草当中。

苍　狼

我的邻居渐渐不再动弹，不再挣扎。
如果他的右手还在动的话，那已是诀别
死后的日子。

不过左手好像僵住了，
还有粗鄙地悬垂着的左腿，
左半颌、左眼皮，那些哭天抢地的话

在他大脑里冻结，他的舌头无法为之解冻——
当穿过黑暗天堂的某个地方
黑色的血块乘虚而入。

我看着它靠近，但是我不能怕它。
守时的晚星，
更糟的是，热心的山楂花，它们的飞沫，

它们散发着致命芬芳的棺衣，
最糟的是豌豆花
佩戴着黑色大理石徽章，就像老虎的耳朵

毁了我又重塑我。那颗星

那朵花，另一朵花

活生生的嘴，活生生的嘴，一切

全是为了过时的头脑，衰老的肚腹，年迈的躯体

一次郁积的湮灭

在露水的披巾里，在夜幕的湿发里。

熊①

在大山巨大、睁圆、熟睡的眼睛里
熊就是瞳孔里的微光
预备随时醒来
并能即刻聚焦。

熊粘连着
始初和终结
用人的骨胶
在他的睡梦里。

熊挖掘着
在他的睡梦里
穿透宇宙之墙
用人的大腿骨。

熊是一口井
至深而无辉光
在那儿你的呼喊

---

① bear，此外还有承担、忍受之意。

正在被消化。

熊是一条河
人在那儿躬身喝水
看到死去的自己。

熊睡在
墙围起来的王国里
在河流交织的网中。

他是摆渡人
渡往死地。

他的要价是所有的一切。

替罪羊与狂犬病

I 萦绕心头

战士们唱着歌在小巷里齐步前进

他们恣意任性
源自女孩们的目不转睛，源自他们自己
不露身份的全副武装
源自终于得到的补偿
那生活可能需要的一切。他们
英雄的幻影
源自大娘们雕塑般的凝视，
源自老头们颤抖的下巴，
源自学步孩童的颈背和弓形腿，
源自他们纯钢制成的
自动步枪，还有他们蜥蜴般展开的
手指，源自他们飞鸟似的步伐。
他们面目模糊
源自空旷、深邃的草地，混浊的溪流，
以及山岭盲目的展望，
墓碑的通天塔，垃圾堆上

信件和嘉奖令的残遗。
他们靴子击鼓般的引擎
源自他们的心，
源自他们盲目、失聪的心，
他们无脑的心。而他们的勇敢
源自死去的数百万鬼魂
在他们的靴子里行军，拖着他们的躯体，
从他们眉毛下凝望，全神贯注于
一次重复的演出。而他们的绝望
源自未来的数百万人
在他们的靴子里行军，蒙着眼打成筛子，
腐烂的脑袋在他们歌唱的肩头上，
被炸飞的右手合着步伐甩动着
烧焦的残肢还有炸飞的腿脚
在可怕的靴子的引擎里无能为力。

战士们唱着歌行进在深深的小巷里
鬼魂走进午后阳光的轰炸，
淹没在大麦闪烁的猛攻之下，
被动荡不定的忍冬勒死。

他们没有身体的声音在斜坡上集结
然后又出现在远方的树林里

而后像尘埃般落定
在山岭古老的重担之下。

II　吉祥物

地图上，线条背后的某个地方，
将军的脸挂在黑暗中，像一盏灯。

每一枚引爆的炮弹
会短暂地将之吹灭，他得将它点亮。

每一颗射出的子弹
从他的一只耳朵进去，从另一只耳朵出来。

每一次进攻，每一次溃败
凶猛地袭过那张脸，像洪水漫过人行桥。

每一个刚死的鬼魂
来到那枯竭的血液领取它的死亡配给。

每一次遥远的咒骂，负载着血凝块，
像只蝴蝶一样飞进那只耳朵。

餐刀，叉子，汤匙，把他的大脑切分开。
他周围支撑的大地和黑夜，

像爪哇心理医生
缓慢、治愈的火焰在闷燃。

泰特阿美城什么也没留下，除了一层皮——

一盏晃荡的羊皮做的灯

慢慢地转向右边，再转向左边，

随着不停歇的炮声微微颤抖，

地图上，光环里面空空如也。

III　黔驴技穷

将军把他的空虚托付给上帝。

而代替他的眼睛
水晶球
随着幻象转动。

他的声音
从死人的碎片上升起

一位弗兰肯斯坦①
一辆坦克
一个鬼魂

———————

① 英国小说家玛丽·雪莱作品中的主人公，他是一位疯狂的科学家，用许多
碎尸块拼成了一个怪物，而这个怪物最终毁灭了他。

游荡于奇迹中

掀起人们的头发。

他的手

已把战场扫平如一张大页纸。

他写道：

我是一盏灯

　　　一个蒙昧民族

　　　　　握在手里

IV　两分钟沉默

战士的靴子，被鼓吹得漂亮，

是坟墓

在生产线上

劳斯莱斯

歌剧院包厢

双人床

保险柜

带着大大的笑脸和系上带子的孔眼

他的袜子

是他自己的肠子

切成一节一节的——

它们更耐用些

也不会给任何人带来损失，
所以他不必害怕收费

他的作战服
是天鹅白的内衣
潘趣与朱迪①的帷幕
女王的睡衣
魔术师的手帕

茅房幽灵的
飘动的被单

他的头盔
是政府部门的小便壶

他的步枪
是泰晤士河里的一坨屎

他顺着风跑开，越过无人区，
在一阵呼啸中
逃离他自己的恶臭

进入蘑菇森林

---

① 英国传统滑稽木偶剧《潘趣与朱迪》中的角色，从 17 世纪一直风靡至今。

拥挤的墙上有人在监视。

V 红地毯

于是叶子震颤了。

他斜靠了一会儿

鬼魂沉闷的冲击波迎面而来

来自死亡的出入口

然后向前倒在他的装备下面。

然而就算丛林的沼泽没过他的膝盖

他伸出来的左手一阵狂抓

抓住了诺丁山

他的眉宇曾被重重地打塌，然后

温柔地歇在汉普斯特西斯公园

他扭曲碎裂的右手拇指

在麻木的舒适中平静下来

穿过圣保罗大教堂的宏伟入口

他的嘴唇吐出轻柔的话语和血泡

进入乔克农场①轨道的路堑

威斯敏斯特轻叩他满是弹孔的胸腔

他的皮带扣打碎了克拉彭

他的双膝，他的双膝在海峡的潮汐里溶解

_____

① 伦敦北部的农场，这个地名现已不存在了，但作为纪念，附近有个同名地铁站。

他活着躺在那儿

他的身体充满了光，餐馆人声鼎沸，

他在川流不息的车流里呻吟

女孩们闲逛着，她们的香水在他喉咙里

在他胸腔的窟窿里咕噜作响

虽然他不能抬眼看街灯

虽然他不能动弹任何一只手

他明白那最后的一大步，那最后

一万里格①的努力，即使失去平衡，

他已经回到了家。他大喊——

倒进泥浆里。

叶子再一次震颤。

碎片飞离了大本钟②。

---

① 一种长度名称。在海洋里，1 里格约合 5.556 米；在陆地上，1 里格约合 4.827 千米。

② 伦敦英国议会大厦钟楼上的大本钟，1859 年建成于泰晤士河畔，是世界著名古钟。

神　学

不，蛇没有
引诱夏娃去吃苹果。
所有那一套完全是
罔顾事实。

亚当吃了苹果。
夏娃吃了亚当。
蛇吃了夏娃。
这是黑暗的内腹。

蛇，此时此刻，
在天堂睡觉消食——
微笑着聆听
上帝恼怒的呼喊。

高 格[①]

我醒来大叫：我是阿尔法也是欧米加[②]
石头和一些树战栗着
在它们国度的至深处。
我奔跑，"不在"在我身旁蹦跳。

狗的神[③]是从桌上掉落的残羹剩饭。
老鼠的救星是一颗成熟的麦粒。
听到弥赛亚的呼喊
我的嘴在崇拜中张开。

好肥厚的地衣啊！
它们把自己垫在寂静之上。
空气里什么都不缺。
尘埃，也是，再次积满。

我的过错是什么？我的头骨已将之封印在外。

---

① 原文为 Gog，"God"（上帝）与"dog"（狗）的拼合。
② 阿尔法（alpha），希腊语第一个字母 α，也代表起始；欧米加（omega），
希腊语最后一个字母 Ω，也代表终了。
③ 原文为 dog's god。

我巨大的骨头在体内聚积。
它们重击大地，我的歌令之兴奋。
我不去看石头和树，我害怕它们看到的东西。

我聆听的歌震荡着我的嘴
那儿是植根于颅骨的牙齿的领地。
大地之上，我结实魁梧。我的脚骨敲打着大地
声响大过慈母般的啜泣声……

之后我静静地在水塘边喝水。
地平线载着石头和树进入黄昏。
我躺下。我变成黑暗。

那种整夜歌唱、转着圈顿脚的黑暗。

克勒策奏鸣曲①

你现在刺到她的要害了
一朵颜色不明的花
骇人听闻地被你的狂怒损伤②
在她衣裙上湿漉漉地开放。

"你的秘密！你的秘密！……"
所有真相，以及所有不存在的真相，
吐露，就像那儿的伤口
吸入它的根再把它们吐露成虚无。
卑劣的民众！卑劣！——如此等等。
然而此刻你的匕首胜过其他人等。
说再见吧，你妻子亲切的身躯要逝去，
成为妒忌的鬼怪暴行的战利品。

是牺牲，不是谋杀。
重一百四十磅
高明的魔鬼，对上帝而言。

---

① 托尔斯泰写过同名作品，同时它也是贝多芬谱写的著名小提琴奏鸣曲。
② blackened，双关，既指诋毁、损伤，又指被抹黑。

她折磨啊让你发狂!

用那臃肿如蜥蜴般的图卡契夫斯基①，
那根不停摆动、邪笑着的阴茎。
但是你为什么阉割自己
是为了把两者都摆脱掉吗?

你现在刺到她的要害了
图卡契夫斯基被割掉了
不能再进一步对你动手动脚。
而她也找不到其他人。

安息吧，托尔斯泰!
那一定需要超自然的贪婪
才想垄断世界上所有的肉，
甚至是从你自己的饥饿中夺走。

---

① 此处的原文与一个历史人物的名字只有一个字母的差别，原文为
Trukachevsky，而该历史人物为 Tukachevsky，系苏联时期的人。该名字
可能为笔误，也可能另有意图。暂译为历史人物名。

出　路

I　梦想时刻

我父亲坐在椅子里

从四年炮火与泥泞的历练中恢复，

身体被折腾得沉默无言，长期浸泡在

残肢断体的色彩里，让他变得疏离

　　　　　　　　　　他外面的弹孔

被勇敢地治愈，但他和炉火，它的血色闪烁

在饼干碗上、钢琴上还有桌腿上，

却越来越强地将占领推进

分分秒秒，时钟纤小的齿轮

费劲地在他听力的细线上前进

把他的身体

从四年里死去的英国人榫接的地层下面

拖出来，他曾是他们中的一员。他感觉肢体正摆脱出来

靠每一个细微又战战兢兢的动作。而我，小小的只有四岁，

好似他不幸的替身，躺在地毯上，

他的记忆被掩埋，动不了的锚，

在颌骨、炸掉的靴子、树桩、弹壳和弹坑中间，

淋着雨，雨滴敲击着它的长杆

加固着它的领地——太阳已经放弃，在那儿
再也没人能从掩体里出来。

II "洞穴里死人开始冒汗"

洞穴里死人开始冒汗；
婴儿熔炉里的母亲
青铜色肉质的面罩开始熔化——
没人相信，它
什么也不是，所有人
都要经历微笑着面对
那血液的催眠
在他们的耳朵里，他们的耳朵，他们的耳朵，他们的眼睛
只是水滴而已，即使死人
突然坐起打个喷嚏——阿嚏！
接着护士把他裹上，微笑着，
纵然隐隐约约，母亲也在微笑，
只不过又是一个婴儿罢了。

炸成碎片后
被重新拼在一起的步兵
犹豫不决地踉跄而出，用枯竭的职员眼睛
四下凝望。

Ⅲ　纪念日

罂粟花是伤口，罂粟花是嘴巴，
坟墓的，也许是子宫搜寻的——

一个系着提线的木偶曾美丽如画
如今四处卖身。多年前我也系着一根。

更多年以前
那块把我父亲工资本弄得粉碎的弹片

揪住了我，他死去的一切
揪住他回到那段时光

他和他们一样都无法摆脱，相反，却铸成一体，像铁块，

垂得比爬犁的翻耕还要深

而我母亲眼皮底下的痛苦黑暗里——
一根锚

把我稚嫩的脖子拉弯至大西洋的深水中。

所以再见吧，脑海里血迹斑斑的花儿。

死去的你，埋葬你的死亡。

再见吧，所有与我父亲幸存有关的残余魅力。

再见吧，所有与我父亲幸存有关的残余魅力。

让英格兰关门。让绿色海葵闭合。

一月的新月

一块碎片，轻弹
进入睁圆的眼球，
切断它的警告。

头颅，瞪着眼被斩断，
什么也感觉不到了，仅仅
略微倾斜了一下。

噢，孤独的
睫毛在黯然下去的
血痕上，噢，死亡之帆！

冻结
在苍天
非尘世的

雪莱的微弱尖叫
企图融化，在连零摄氏度自身
都失去意识的时候。

北方的战士

带着他们冰封的剑，他们盐白的眼睛和头发，
恍惚的白雪砧座排成排，
带着他们的忌恨，
船缓慢地朝南方触探，似蜗牛爬满异常光滑的水球。

在红和黑汇入修道院的地方，
富盈得裂开的酒桶，
已故市民的女人们焦躁不安的肚腹，
盖尔人精巧、细致的黄金，解冻了。

没有终点
不过他们这次适时的花费
预付现金，预先复仇，额外付费，
为折磨人的复发旧病，以及将他们的血脉延续

注入加尔文①如铁的动脉。

---

① 法国神学家。

鼠之歌

I　鼠之舞

老鼠在陷阱里，它在陷阱里，
用满嘴的尖叫声，像撕裂的白铁皮般攻击着天空和大地，

一个有效的堵塞物。
当它不再尖叫，它喘着气

无法想到
"这没有面孔，一定是上帝"或者

"没有答案也是一种答案"。
铁质夹片，强劲得像整个大地

在窃取它的骨气
为的是用尖叫声把宇宙击溃，

为的是用一只打成结又解开的老鼠尸体，取代所有人颅骨里
　的大脑，
一只老鼠一直在尖叫，

企图随着每一声逃离的尖叫拔出自己，
可是它长长的尖牙挡住了出路——

门牙在夜空里裸露，恫吓星群，
黑暗里发光的小东西，不让接近，

保持它们的距离，
等它弄明白这事。

老鼠恍然大悟。它鞠躬，不再动弹，
在它鼻尖上有一点讨饶的血。

II　鼠之幻视

老鼠听见风在说着什么
在麦秸里，在靠近藩篱的夜田里，倚着它们的沉默，
丧偶的土地
还有它那知晓如何呜咽的树

老鼠看见整个农场上的梁柱和石头
像水里摇曳的倒影。
风从海湾压来
穿过老旧带刺铁丝网，穿透壕沟隔断的入口，穿过耳朵的大
　门，深入岁月的精心设计中，

在寂寥的雪晶上呼吸

老鼠尖叫

"不要去。"蒲公英喊道，来自它们糊涂的头

"不要去。"院子里的灰渣喊道，它们没有未来，只有地狱般
　　的恶果

"不要去。"门边裂开的马槽喊道，星光和无能的宿命论者

"留下吧。"满天的繁星说

把老鼠的头逼入神性。

Ⅲ　鼠之逃逸

天堂战栗着，一束火焰像鞭子一样展开，
而繁星在它们的窝孔里摇晃。
卵里熟睡的灵魂
畏缩在转瞬即逝的阴影里——

那曾是老鼠的阴影
穿越进入强力
永不被埋葬
长着角的老鼠的阴影
在门边这儿
把一个血淋淋的礼物抛掷给狗

当它取地狱而代之

赫普顿斯托尔①

遍布墓碑的黑色村庄。
一个傻子的颅骨
他的梦想枯死
在它们的出生地。

一只羊的颅骨
它的肉已融解
在自己的骨架下。
唯有苍蝇弃之而去。

一只鸟的颅骨，
这宏大的地志
枯竭成裂开的
窗台上的缝隙。

生命在努力②。

---

① Heptonstall，位于英国西约克郡的村庄。
② 即 tries，与下文中的疲惫（tires），系语言游戏。

死亡在努力。

岩石在努力。

唯有雨从不疲惫。

云　雀

I

云雀开始飞升
像一个警告
就像地球惶惶不安——

胸如筒状只为攀高，
像安第斯高地的印第安人，

头似惠比特犬，如猎箭般的倒钩，

却有沉稳的
肌肉
为努力
挣脱
地球的中心。

还有沉稳的
压舱物
在呼吸骤增的风暴中。

沉稳
像颗子弹
把生命
从中心挤掉。

Ⅱ

比猫头鹰或鹰都冷酷

穿入云霄的鸟，射穿长着羽冠的头
掌控自如，没有死

而是攀升

攀升

啼唱

像个服从死亡的死物。

Ⅲ

我猜想你只是张嘴注视，让喘息
在你的喉咙里戳进戳出
　　　　　　　　　　噢，云雀
向里也在向外啼唱

像海浪碾磨着鹅卵石

噢，云雀

噢，歌，两种方式都难以领悟——
欢悦！救命！欢悦！救命！

噢，云雀

IV

你停下来休息，在高远处，
你摇摆着落下

却没有停止歌唱

只休息了片刻

掉落了一点儿

马上又向上、向上再向上

像一只落水的老鼠
在水井壁边上下浮动

哀唱着，徐徐爬升——

不过太阳不会注意

而地球的中心笑了。

V

我的懒散凝固了
看到云雀在云的附近苦苦努力
竭力
在梦魇般的困境里
穿越虚无向上

它的羽毛猛烈摆动，心脏一定像马达一样隆隆地响，
似乎它已太迟，来不及
在苍穹里颤抖
它的歌声旋转得越来越快
太阳也在旋转
云雀在化成云烟
直到我眼睛的游丝突然绷断
          而我的听觉漫无边际地飘回大地

此后天空空虚地敞开着
没有翅膀，大地就是一个合拢的泥块。

只有太阳伴着云雀的歌声默默地、无休止地继续运行。

VI

整个乏味的礼拜天早晨
天堂是个疯人院
充斥着云雀狂乱的声音，

尖叫，叽喳，咒骂

我看着它们，头朝后甩着，
翅膀向后几乎快扯断——在高处

像祭祀时
把冷酷大地的祭品托举飞升

疯狂大地的传教士们。

VII

像那些跳动的火焰
从放肆的篝火里
抬起利爪悬荡着它们赖以为生的东西

云雀把它们的话语传向最后一颗原子
在临界点不停地猛击，最后的火光熄灭——
所以这是种解脱，一阵清凉的微风

当它们受够了，精疲力竭的时候
太阳已把它们吸干
大地给了它们肯定。

它们放松下来，随着变动的鸣叫声飘来飘去

沉下又浮起，不太确定它们能否做到
接着它们确定了，于是飞袭而下

可能所有的痛苦都是为此

骤然死一般的坠落

伴着长而锐利的尖叫，弯曲得像剃刀

然而就在它们冲进大地之前

它们四散开来，低空掠过草地，再升起
落在墙头上，抬起羽冠，

没有重量，
集中精力，
警觉着，

襟怀完美。

VIII

带着血被燎烤，
库丘林①聆听着鞠躬，
捆绑到柱子上（不能躬身而死）
听到远方的乌鸦
引领附近的云雀靠近
唱着难解的歌

"某个可怜的小妖怪比你还脆弱还容易误入歧途
把你的头
你的耳朵
还有你的生涯全都带走。"

---

① 库丘林，欧洲凯尔特神话中爱尔兰太阳神的儿子，一位非常伟大又嗜血的
阿尔斯特英雄。

风笛变奏曲

大海用它毫无目的的声音哭喊
一视同仁地对待死去的和活着的，
很可能是对天堂的样子厌烦了
在千百万不眠不休的夜晚过后，
不再有目的，不再自欺。

石头也一样。一颗鹅卵石被囚禁
在宇宙中形同虚无。
为黑色长眠而造。或是偶尔
逐渐感知到太阳的红色耀斑，
然后梦见它是上帝的胚胎。

石头上风匆匆吹过
无法和任何东西来往，
就像盲石的听觉一样。
或转个弯，似乎石头的心智
可以感知到对方向的幻想。

啜饮着大海，吃着岩石
一棵树挣扎着想长出叶子来——

选自《沃德沃怪物》（1967）　159

一位老妇人从太空坠落
对这些情况毫无准备。
她撑着，因为她已完全失去了意识。

一分钟又一分钟，一千万年又一千万年，
什么都没有停歇也没有进展。
而这既非糟糕的衍变又非试验。
这是凝视的天使们通行之处。
这是所有星辰的鞠躬之地。

狼　嚎

在世界之外。

它们拉长的声音消散在半空的寂静中
它们想从这些声音集束中拖拽出什么呢？

然后是婴儿的哭喊声，在这充满饥饿静寂的森林里，
让狼群奔跑起来。
中提琴调音声，在这敏感如猫头鹰耳朵的森林里，
让狼群奔跑起来——让钢制陷阱流着口水叮当作响，
给钢铁裹上毛皮以免在酷寒中破裂，
眼睛决然发现不了这是怎么回事
它们一定得这样活下去

它们一定得活下去

单纯悄然渗入矿物质。

风掠过，弓着背的狼在颤抖。
它嗥叫，你却说不清那是出于痛苦还是欢乐。

选自《沃德沃怪物》（1967）　161

大地在它的舌尖下，

死气沉沉的黑暗，竭力通过它的眼睛去看。

狼是为大地而活。

然而狼是渺小的，它懂得少。

它走来走去，拖着腰和腿，发出可怕的呜咽声。

它一定得喂饱毛皮。

夜里星星似雪片飞舞，大地吱嘎作响。

蚊子赞美诗

蚊子在傍晚翩翩起舞的时候

在空中胡写乱画，偶尔争吵，

搅乱它们疯狂的词汇，

弄乱它们无声的卡巴拉秘法[①]，

于树叶阴影之下

树叶，只有树叶

在它们和太阳大幅的猛击之间

树叶让它们孱弱的眼睛和蒙昧的性情

免受落日肮脏的中伤

飞舞

飞舞

在空中书写，又把它们写下的一切擦掉

猛地把它们的文字打成结、缠成捆

一个成为另一个的溜溜球

巨大的磁铁围绕着一个中心争斗

---

① 中世纪犹太神秘哲学。

不再书写也不再争斗，而是在歌唱

这个宇宙的轮回无关紧要

它们不怕太阳

唯一的一个太阳离得太近

毁了它们的歌，那是关乎所有太阳的歌

它们是自己的太阳

它们在虚无中

逍遥地洋溢而出

它们的翅膀模糊了辉光

歌唱着

它们是蚊子神明

舞动的手指甲和脚指甲

它们听见风

穿过草丛时受的苦

黄昏里的树也在受苦

随着风猫一般绵长的呼号声弯下腰

还有布满尘土的漫漫长路

在风中起舞

风之舞，死亡之舞，进入山岭

把牛粪遍地的村庄揉成尘土

不过蚊子不会这样，它们机敏

已然跳出了那个界限

刚好悬停在草丛的利爪之上

飞舞

飞舞

在戴着手套的梧桐树阴影里

一支绝不会改变的舞

一支将它们身体燃烧的舞

它们的木乃伊脸永远不会被用到

它们小小的、长着胡须的脸

在虚无上编织着跳动着

在空中摇晃，摇晃，摇晃

而它们的脚像遇难者的脚一样晃荡

噢，小小的哈西德们^①

受制于你们自己的身体而死去

驾驭着你们的身体死去

你们是仅有的天堂里的天使！

上帝就是只全能的蚊子！

你们是所有星系里最伟大的！

我的手在空中飞翔，它们胡作非为

我的舌头挂在树叶里

我的思绪爬进裂缝里

---

① 指哈西德派，犹太教的一个派别，出现于基督教兴起之前，虔信律法，反
对接受希腊文化。

你们飞舞

你们飞舞

缓缓地把我凝视的头颅滚进外太空。

满月与小弗丽达

一个清冷纤小的夜晚缩成一声犬吠和桶的叮当响——

而你在聆听。
一张蜘蛛网，因为露珠的触碰而紧绷着。
一个被提起的桶，纹丝不动而满溢的——镜子
为诱发第一颗星的颤动。

奶牛从那小巷回家，用它们气息暖和的花环围住篱笆——
一条黯然的血色河流，很多顽石，
平衡着未泼洒的牛奶。

"月儿！"你突然呼喊，"月儿！月儿！"

月亮后退，好似艺术家惊奇地盯着一个作品

指着吃惊的他。

沃德沃怪物[①]

我是什么？嗅一嗅这里，翻动树叶

顺着空气里的蛛丝马迹到河边

我进入水里。我是什么

把这玻璃般的水面撕裂，向上我看见

河床颠倒过来在我上面，非常清楚

我在这半空中干什么？为何发现

在我观察这青蛙最隐秘的内部时

它是如此耐人寻味，还把它据为己有？这些杂草

认识我，还把我的名字口口相传？它们

以前见过我，我与它们的世界相处融洽吗？看起来

我脱离了地面，没有根

只是偶然从虚无中掉落，没有绳子

把我绑在任何东西上，我可以去任何地方

似乎我在此地被给予了自由

那么我是什么呢？

从这个腐烂的树桩上剥下树皮碎片

既没有让我快乐也没有用，那么我为什么要这么做

---

① 即 Wodwo，古称 Woodwose 或 Wodewose，指野人或森林野人，是中世纪
欧洲艺术和文学中出现的一个神话人物。

我做那事是个非常怪异的巧合

但是我该被称作是什么呢？我是第一个吗？

我有没有主人？我长什么样？

我长什么样？我体形魁梧吗？如果我

沿着这条路，经过这些树走到尽头，经过这些树

直到我疲惫不堪，如果我静坐片刻

那会触碰到我的一面墙，一切

竟然停下来盯着我，我想我可能是正中心

然而问题在于它是什么？根须

根须根须根须，水在这儿

又是非常怪异，不过我会继续探看

选自《乌鸦》（ 1970 ）

两个传说

I

黑色曾是外面的眼
黑色曾是里面的舌
黑色曾是心
黑色的肝，黑色的肺
不能吮吸光
黑色的血在喧闹的管道里
黑色的内脏挤满熔炉
连肌肉也是黑色
拼命挣脱要进入光明
黑色的神经，黑色的脑
和它墓穴里的幻象
灵魂也是黑色，结结巴巴
呐喊，愈来愈强烈，无法
说清它的太阳。

Ⅱ

黑色是湿漉漉的水獭头，高高昂起。
黑色是岩石，跌入浪花。
黑色是摆放在血床上的胆囊。

黑色是地球，一英寸之下
一个黑色的蛋
太阳与月亮在那里轮换它们的天象

要孵化一只乌鸦，一道黑色彩虹
弯曲于虚空
            覆盖于虚空
却在飞翔

世 系

最初是尖声哭喊

生下了血

生下了眼

生下了恐惧

生下了翅膀

生下了骨头

生下了花岗岩

生下了紫罗兰

生下了吉他

生下了汗水

生下了亚当

生下了玛丽

生下了上帝

生下了虚无

生下了永不

永不　永不　永不

生下了乌鸦

哭喊着要血

蛆虫，壳
任何东西

在巢穴的秽物里抖动着无毛的翅膀。

子宫口的审讯

这双瘦骨嶙嶙的小脚是谁的？ *死神。*

这张毛发丛生形容枯槁的脸是谁的？ *死神。*

这些仍在运作的肺叶是谁的？ *死神。*

这身实用的肌肉外壳是谁的？ *死神。*

这些难以名状的内脏是谁的？ *死神。*

这些有问题的脑子是谁的？ *死神。*

这摊又脏又乱的血呢？ *死神。*

这双功效最小的眼睛呢？ *死神。*

这条淘气的小舌头呢？ *死神。*

这阵偶尔的清醒呢？ *死神。*

给的，偷的，还是等待审判？

等待审判。

整个多雨又冷漠的大地是谁的？ *死神。*

所有空间是谁的？ *死神。*

谁比希望更强大？ *死神。*

谁比意志更强大？ *死神。*

比爱更强大？ *死神。*

比生命更强大？死神。

但谁又比死更强大呢？

                  我，显而易见。

允许通过，乌鸦。

孩子气的恶作剧

男人和女人的肉体没有灵魂，
木然地张着嘴，呆滞地瞪着眼，了无生气
横陈在伊甸园的花上。
上帝陷入沉思。

难题如此重大，让他昏沉入睡。

乌鸦大笑。
他咬住那蠕虫，上帝的独子，
咬成扭动的两半。

他把尾巴那一半塞进男人
创口一端耷拉在外面。

他把另一半头朝前塞进女人
于是它越爬越深，向上
从她的双眼里往外窥探

召唤它尾巴那一半赶紧来结合，赶紧
因为，噢，痛苦难耐。

被拖拽着过草地的男人醒了。

女人醒来看见他来了。

都不知道发生了什么。

上帝仍在熟睡。

乌鸦仍在大笑。

乌鸦的第一堂课

上帝试图教乌鸦张嘴说话。
"爱，"上帝说道。"说，爱。"
乌鸦张嘴，于是白鲨闯进大海
不断向下翻滚，探寻它自己的深度。

"不，不。"上帝说道。"说爱。来试一下。爱。"
乌鸦张嘴，于是蓝蝇，采采蝇，蚊子
嗡嗡飞出，降落在
它们各式各样的肉盆上。

"最后试一次。"上帝说道，"来，爱。"
乌鸦颤抖，张了张嘴，呕吐起来
于是没有身躯的巨大人头
滚落到地上，眼睛骨碌碌转，
喋喋不休地抱怨——

乌鸦又呕吐起来，在上帝阻止他之前。
于是女人的阴户落在男人的脖子上夹紧。
两人在草地上扭在一起。
上帝努力分开他们，咒骂，痛哭——

乌鸦内疚地飞走了。

那一刻

当散发出蓝烟的枪口
被挪开
像从烟灰缸挪走一支烟

这世界仅剩的唯一一张脸
碎裂躺倒
在松开的双手间，太迟了

树木永远闭合了
街道永远闭合了

尸体躺在沙砾上
属于遗弃的世界
在众多遗弃的设施中
永远暴露于无限

乌鸦不得不开始寻觅东西来进食。

乌鸦暴龙

造物的声音颤抖——
那是悲叹和哀悼的队伍
乌鸦能听到
他害怕地四下张望。

雨燕的身体掠过
律动着
带着昆虫们
和它们的痛楚，它吃掉的一切。

猫扭动身体
呕吐着
一条通往垂死挣扎的
通道，悲上加悲。

而狗是个膨胀的过滤袋
为了肉和骨头，它把所有的死亡吞下。
它无法消化它们尖叫的终曲。
它不成声的叫喊是所有那些声音的混合体。

即使是人
他也是个行走的屠宰场
宰杀无辜者——
他的大脑把它们的怒号焚化。

乌鸦想道："哎呀哎呀
我是不是
该停止吃食
试试变成光?"

但是他的眼睛看见了一条幼虫。他的头，捕捉器般触发，戳
　　刺过去。
他倾听
他听见了
哭泣声

幼虫　幼虫　他戳刺　他戳刺
哭泣声
哭泣声

哭泣声中他一边走一边戳

于是才有了圆的
　　　　　　　　　　眼睛
　　　　　　　　　聋的
　　　　　　　　　　　耳朵。

黑　兽

黑兽在哪儿?

乌鸦,像只猫头鹰,转动他的头。

黑兽在哪儿?

乌鸦躲进它的床,要伏击它。

黑兽在哪儿?

乌鸦坐进它的椅子,说着对黑兽不利的弥天谎言。

它在哪儿?

乌鸦在子夜后叫喊,用鞋楦头敲打着墙壁。

黑兽在哪儿?

乌鸦把他敌人的头颅扯开到松果腺。

黑兽在哪儿?

乌鸦把一只青蛙钉上十字架放到显微镜下,他窥视星鲨的
　　大脑。

黑兽在哪儿?

乌鸦把大地烤成渣块,他冲进太空——

黑兽在哪儿?

静默的太空拔营而去,太空飞向四面八方——

黑兽在哪儿?

乌鸦猛烈地摇摆着穿过真空,他追着消失的星星尖叫——
它在哪儿?黑兽在哪儿?

乌鸦的战役记事

有过这么一场惨烈的战役。
嘈杂声达到了
它能够达到的极限。
那里攀高的尖叫声低沉的呻吟声
超出了任何耳朵的承受力。
很多耳膜都破了，一些墙壁
为躲避这嘈杂声坍塌了。
一切都挣扎着
要穿越这痛苦的耳聋
像是在一个黑洞里穿过激流。

弹夹被打空，一如计划，
手指正让事情继续进行
依据冲动和命令。
没有受伤的眼睛满是索命的光。
子弹沿着它们的弹道
穿透岩石块、泥土和皮肤，
穿透肚子，口袋里的书，脑袋，头发，牙齿
依据宇宙法则。
而嘴中的"妈妈呀"

从突如其来的微积分陷阱里传来，
定理把人拧成两半，
被冲击波割破的眼睛看着鲜血
白白浪费，就像是从排水管
流进星辰之间的空白处。
一张张脸被猛地拍进污泥里
就像是为制作实物大小的面具
早就知道即使是在太阳的表面
他们也不能懂得更多或更切中要害。
那是现实在授课，
《圣经》和物理学的大杂烩，
比如说，这里，手中的脑浆，
那里，树梢上的腿。

除了死亡无处可逃。
而它仍在继续——
它比很多祈祷、已验证的守候，
比很多健康的身体都长久，
直到炸药用尽了
极度的疲惫接踵而至
残留下来的四处张望着残留下来的。

然后所有人都哭泣起来，
或坐着，虚竭到无法哭泣，
或躺着，重伤至无法哭泣。
而当硝烟散尽，它变得清楚了

这在以前发生得太频繁了

在将来还会经常发生

它太容易发生了

骨头像板条和树枝

鲜血像水

哭喊如同沉默

最可怕扭曲的脸像烂泥里的脚印

而把一个人的肚子打穿

像点燃一根火柴

像把斯诺克球打进球袋

像撕碎一张账单

把整个世界炸成碎片

像把门砰地关上

像累垮在椅子里

带着盛怒的虚竭

像把你自己炸成碎片

它太容易发生了

像不会带来任何后果。

于是幸存者们撑住了。

大地和天空撑住了。

所有一切承担起责任。

没有一片叶子畏缩，没有一个人微笑。

乌鸦战败

乌鸦还是白色的时候，他认定太阳实在太白了。
他认定它发出的光太过耀眼。
他决定要出击并打败它。

他铆足干劲神采奕奕。
他握紧爪子斗志昂扬。
他把喙直接对准太阳的中心。

他径自发出源自内心的大笑

出击。

听到他的战吼，树木骤然老去，
阴影伏倒展平。

但是太阳变得更亮——
它变得更亮，而乌鸦折返浑身焦黑。

他张开嘴，可打里面出来的也是焦黑。

"上面那儿，"他勉强说道，

"白即是黑黑即是白，我赢了。"

乌鸦与群鸟

当鹰穿越萃取翡翠的黎明腾空而起。
当麻鹬透过一片酒杯声，在海的薄暮中捕鱼
当燕子在洞穴里穿过女人的歌声掠空俯冲
雨燕在一朵紫罗兰的呼吸中穿行

当猫头鹰乘风摆脱明日的良知
麻雀用昨日的承诺打扮他自己
苍鹭努力脱离贝西默泛出的光
蓝山雀一阵尖啸飞过蕾丝内裤
啄木鸟远离旋耕机和玫瑰园敲敲打打
田凫远离自动洗衣店打滚

当红腹灰雀在苹果花蕾上重重落下
金翅雀在阳光下鼓成球状
歪脖鸟在月光下弯成钩状
河乌在露珠后面探头探脑

乌鸦在海滩上的垃圾堆里叉开腿站着，低着头，大口吃着掉
　　落的冰激凌。

沙滩上的乌鸦

听见鹅卵石炸裂，看着它飞溅，
乌鸦缩了缩他的舌头。
看见灰色大海把自己挤撞成一座山
乌鸦绷紧他的鸡皮疙瘩。
感受到大海根部的浪花落在他顶冠上不再存在
乌鸦的脚趾紧紧抓住打湿的石子。
当鲸鱼窝里的气味，螃蟹最后祷告的旋涡，
钻进他的鼻孔
他明白了他是在大地上。
              他知道他明白了

什么东西正疾速飞过
大海妖魔似的怒吼和骚动。
他知道自己是个不适合的倾听者
不需要理解或援助——

他的小脑壳里大开的大脑
仅够用来琢磨，关于大海，

是什么能造成这么大的伤害？

角逐者

曾经有这样一个男人，

他是所有强壮的人当中最强壮的。

他的牙关像峭壁一样紧咬着。

然而他的身体像峭壁上的激流席卷而去

烟雾向着黑暗的峡谷飞扬

他在那儿用虚无的钉子钉住自己

世间所有的女人都搬不动他

她们赶来把嘴唇撞在石头上变了形

她们赶来用泪水在他的钉眼里撒盐

仅仅是把她们的愤懑

叠加在他的努力之上

身子朝上的时候

他不再对她们咧嘴笑，他脸朝下躺着

像一个决心赴死的人

他的便鞋不能再让他动弹，鞋上的皮带破裂了

并在他固定的姿势上腐烂

世间所有的男人都搬不动他

他们在他身旁披着影子窃窃私语

他们的争论是一种慰藉

像石楠花

他的腰带忍受不了这围攻——断开了

破烂地耷拉着

他咧嘴笑

小孩们赶来齐声喊着号子想要搬动他

而他却从眼角瞥了他们一眼

从他的嘴角边

于是他们失去了活下去的勇气

橡树林随着猎鹰的翅膀来了又走

群山起伏跌宕

他被钉在十字架上

用他在大地上所有的力量

朝太阳咧嘴笑

透过他小小的眼窝

朝着月亮

朝着天庭所有的配饰

透过他脸上的缝合处

和他嘴唇上的线

透过他的原子和遗骸咧嘴笑着

咧嘴笑着进入黑暗

进入嗡嗡作响的虚无

透过他的牙齿骨

偶尔眼睛会闭合

在他毫无意义的力量较量中。

乌鸦的梳妆台

凑近看这邪恶的镜子　乌鸦看见
迷雾蒙蒙的文明世界　高塔　花园
战场　他擦了擦镜子　但接踵而至的是

迷雾蒙蒙的摩天大楼　蛛网般的城市
水汽模糊了镜子　他擦了擦　接踵而至的是

一大片沼泽羊齿草附着在迷雾上
滴流而下的蜘蛛　他擦了擦镜子　隐约

瞥见一张惯常狞笑的脸

但是那没有用　他的呼吸太沉重
太灼热　而空间又太冷

于是出现了朦胧的芭蕾舞女演员
燃烧的深渊　空中的花园　阴森怪异

一个可怕的宗教错误

当蛇出现，肚腹是大地的褐色，
从原子里孵出
托词把它自己盘绕

抬起长脖子
平衡着那无动于衷又了无生机的凝视
斯芬克斯一般终极真相之谜

屈仲在两根火焰般摇曳的舌信上
一个像天体摩挲时发出的音节

上帝的怪相扭曲了，像熔炉里的一片叶子

而男人与女人的膝盖熔化了，他们解体了
他们脖子上的肌肉熔化了，他们的额头撞到地面
他们的泪水显然已流尽
他们低声说"您的意志即我们的安宁"。

然而乌鸦只是眯着眼看。

接着向前走了一两步，

抓住这个生物松弛的颈背，

狠狠地毒打它一顿，然后把它吃了。

在笑声里

车辆相撞，喷出行李和孩子
在笑声里
汽船倾覆，沉入水底，像特技演员一样致意
在笑声里
俯冲的飞机以一声巨响终结
在笑声里
人们的手脚四处飞散又飞回
在笑声里
床上憔悴的面具重拾其剧痛
在笑声里，在笑声里
因为不可思议的厄运
陨石坠落到婴儿车上

耳朵和眼睛被捆扎起来
包裹进头发里，
卷进地毯、墙纸，和台灯花线绑在一起
只有牙齿还在起作用
心脏，在敞开的腔穴里跳舞
在笑声的弦线上无能为力

眼泪是镍币，当它们随着一声巨响穿过门

伴着恐惧的恸哭声令人震惊
而骨头
从煎熬中跳出，肌肉只能保持原样

踉跄几步，众目睽睽中倒下

笑声依然穿着蜈蚣的靴子四处奔走
它依然踩着毛毛虫的足迹奔跑
回滚到垫子上，腿在空中

但它毕竟只是凡人

终于它受够了——够了！
于是缓缓坐起身，筋疲力尽，
缓缓开始系上扣子，
伴着长长的停顿，

就像是警察来抓的某个人。

知更鸟之歌

我是被追杀的国王
　统治着冰霜和巨大的冰柱
　　还有妖魔似的寒冷
　　穿着它的风靴。

我是无冕之王
　统治着雨的世界
　　被闪电、雷鸣还有河
　　追杀。

我是迷失的孩子
　风的孩子
　　它穿透我寻觅别的什么
　　就算我哭喊，它也认不出我。

我是造物主
　创造了这个世界
　　它滚动着碾压
　　让我的知识沉寂无声。

天堂里的魔咒

所以最终是虚无。
它被放入虚无。
虚无被附加其上
只为证明它不曾存在
用虚无将之压扁碾成虚无。

被什么都不是的东西剁碎
在什么都不是的东西里摇曳
被彻底地翻转过来
弃落在虚无之上——
于是人人都看到它什么都不是
对它也多做不了什么

于是它被丢弃。天堂里持久的掌声。

它掉到地上破裂开——

乌鸦躺在那儿，全身僵硬。

猫头鹰之歌

他唱过
天鹅是怎样永远变白的
狼是怎样抛开它泄密之心的
以及星星放下了作态
天空放弃了容颜
水故意变得麻木
岩石投降放弃了最后的希望
还有酷寒莫名地死去

他唱过
一切是如何不再有更多可以失去

然后怀着恐惧一动不动地坐下

看着星辰的爪痕
听着岩石的振翅声

还有他自己的歌声

乌鸦的象图腾之歌

很久很久以前
上帝造出来一头象。
那个时候它小巧精致
一点儿也不怪异
也不忧郁

鬣狗们在灌木丛里吟唱：您真漂亮——
它们露出烧焦的头和狞笑的表情
就像截肢后的半腐残肢——
我们羡慕您的优雅
跳着华尔兹舞穿过丛生的荆棘
噢，请您带我们一起去和平之地吧
噢，永恒的天真和慈爱之眼
把我们从熔炉里
和我们黑色脸孔的狂怒中救起吧
在这些地狱里，我们痛苦地打滚
在每个小时的战斗中
把宽广如土地的死物
关在我们齿龈后面
获得大地的力量。

于是鬣狗们跑到大象的尾巴下面

好似一个柔软的橡胶质的蛋

他欣欣然悠闲漫步

但他并不是上帝，不，

惩戒受诅咒者也不是他的事

于是它们暴怒着疯狂地亮出牙齿

撕扯出他的内脏

把他肢解在它们各自的地狱里

在一片地狱的笑声里夸耀着

吠叫着所有分解开的碎片

都被吞下、燃烧。

在复活之际

修正后的大象给自己聚合

致命的腿脚，防尖牙的身体和推土机一般的骨头

以及彻底改变的大脑

在苍老的眼睛后面，它恶毒且精明。

所以历经死后阴世

橘红色火焰和蓝色的阴影，毫不费力

大象走自己的路，行走中的第六感，

而对面并行的

是不眠不休的鬣狗们

沿着光秃秃的天际线颤抖如烤箱顶盖

随着猛然一阵奔跑

它们把羞耻的旗帜紧紧卷起

贴在肚皮上

里面塞满了正在腐烂的笑声

渗漏让上面满是黑色污点

而它们唱道："我们的地界

是可爱又美丽的地方

是花豹恶臭的嘴

也是狂热的坟墓

因为这是我们拥有的全部——"

接着它们呕吐出笑声。

而大象则在森林迷宫的深处歌唱

关于永生不灭的星星和没有痛苦的和平

但没有天文学家能找到它在哪里。

破晓的玫瑰

正在融化年老结冰的月亮。

层层剧痛，尘土的寂静，
一只乌鸦对着冷漠的天际线说话。

乌鸦发皱的喊叫多凄凉
像一个老妇人的嘴
当眼睑闭合
山峦继续绵延。

呼喊
无言
似新生婴儿的悲恸
在钢铁般的鳞片上。

似闷声枪响和它在针叶林中
回荡的颤音，在下着雨的晨光里。

或似突然掉落，重重掉落
在宽大树叶上的血色星辰。

微　笑

始于最古老森林的呻吟
它穿越云层，第三道光
穿透大地的皮肤

它绕着地球运行
像海浪下行进的潜艇
举起的弓
摆弄着柳枝，鼓荡着榆树树冠
寻找时机
然而人们却早有准备
他们迎接它
用面具式的微笑，镜子般反弹
偷走骨头的微笑
满口鲜血扬长而去的微笑
在麻木处留下毒药的微笑
抑或弯下身子
为逃离做掩护

但是微笑太广阔了，它包抄了一切
它又是极微小的，可在原子之间滑动

于是钢铁像只开了膛的兔子
尖叫着裂开，皮肤无关紧要
而后路面、空气还有光
把所有跳动的血禁闭起来
比纸袋子好不到哪儿去
人们绑着绷带奔走
世界是个漏风的缺口
天地万物
不过是根破烂的排水管

那里曾有只不幸者的眼睛
钉在眉毛下
因它背后的黑暗而不断睁大
它就那样越来越大、越来越暗
似乎灵魂根本没有运作

就在那一刻微笑降临了

而人群，推挤着想看一眼人的灵魂
被扒光得仅剩最后的耻辱，
遇见了这微笑
从他撕裂的根部升起
触碰着他的嘴唇，改变着他的眼睛
片刻间
修复一切

在它一扫而过穿越大地之前。

乌鸦的战斗狂怒

当病人，因苦痛而发光，
骤然苍白失色，
乌鸦发出一阵笑声般的可疑声响。

看着夜之城，在大地青灰色的隆起处，
抖动着它的铃鼓，
他爆出笑声直到泪光出现。

回想那彩绘的面具，还有被针刺死的人
渐渐逼近的气球
他无助地在地上打滚。

他看到自己失去知觉的脚，喘不过气
他抓住自己疼痛的地方——
几乎无法忍受。

他的一只眼陷进颅骨，小得像根针，
一只眼睁着，瞳孔像瞪圆的盘子，
他太阳穴青筋暴露，每根都像满月婴儿脉动的头，
他的脚跟折向前方，

他的双唇从颧骨上剥离，心脏和肝脏在喉咙里飞舞，
鲜血呈圆柱形从他的头顶喷出——

似这般不可能属于这个世界。

离这世界仅须发之遥

他向前走了一步，
          又一步，
             再一步——

乌鸦黑过以往

当上帝，对男人感到厌恶，
转向天堂，
而男人，对上帝感到厌恶，
转向夏娃，
事态看起来就要分崩离析。

可是乌鸦　　乌鸦
乌鸦却把他们钉在一起，
把天堂和大地钉在一起——

于是男人喊叫，却发出上帝的声音。
于是上帝流血，却流出男人的血液。

后来天堂与大地的接点吱嘎作响
变得坏死腐烂发臭——
一种无可救药的恐怖。

苦痛没有消减。

人不是人　　上帝亦非上帝。

苦痛

与日俱增。

乌鸦

咧嘴狞笑

大喊"这就是我的造化",

让他自己黑旗般飞舞。

复仇的寓言

从前有个人

无法摆脱他母亲

就好像他是她最高的嫩枝。

于是他对她一通乱砍乱劈

用数字，还有方程式和定律

他捏造它们并称之为真理。

他追查，控告

并判她有罪，像托尔斯泰一样，

号令禁止，尖声谴责，

拿着刀扑向她，

带着憎恶彻底除掉她

用推土机和除垢剂

征用令和中央供暖

来复枪、威士忌和烦闷的睡眠。

抱着她所有的婴儿，在幽灵般的哭泣中，

她死了。

他的头掉落好似一片树叶。

睡前故事

从前有个人
从不是床的床上起床
穿上不是衣服的衣服
（一百万年在他耳中呼啸）
他还穿上不是鞋子的鞋子
精心地把鞋带拉紧——越来越紧
走过不是地板的地板
走下不是楼梯的楼梯
路过不是画的画
迟疑
回忆和忘却不是梦的夜梦

那里有远古的云，有先知；
有雨，有它神秘的字迹，
还有太阳切面的水内核；
还有光和它散漫的咆哮；
有白桦树，坚定又急切。
还有风，一次又一次斥责。
在桌前他用双手罩住双眼
好像在祷告

回避他镜中的影子

蜷缩着读那不是新闻的新闻

（一百万年在他肚子上旋转）

他进入生命的循环

却停止了阅读，感受他的手的重量

在那不是手的手中

他不知道做什么或者从哪儿开始

去过不是一天的一天

而布莱顿①是一幅画

大英博物馆是一幅画

驶离弗兰伯勒②的战舰是一幅画

还有鼓乐、玻璃杯里的冰块、

在不是大笑的大笑中

咧开的嘴

是一幅画剩余的部分

在一本书里

在季风带来的倾盆大雨中

在一个残破的山头棚屋里

在那里多年前他的尸体被一只豹掘出。

————————

① 英国南部城市。

② 英国地名。

苹果的悲剧

原本在第七日
蛇消停了。
上帝走到他跟前。
"我发明了一个新游戏。"他说。

蛇惊诧地瞪着眼
看着这个闯入者。
上帝却接着说:"看见这个苹果了吧?
我一捏,你看——苹果酒。"

蛇喝了个痛快
卷曲成一个问号。
亚当喝了说:"做我的神吧。"
夏娃喝了张开她的双腿

还招呼斜着眼的蛇
和他一起狂欢作乐。
上帝跑去告诉亚当
酒后狂怒中,亚当试图把自己吊死在果园里。

蛇试图解释，大喊"停下"
但酒力却割裂了他的话音
于是夏娃开始尖叫："强奸啊！强奸啊！"
还使劲踩他的头。

现在每当蛇出现她都会尖叫：
"它又来了！救命啊！噢，救命啊！"
然后亚当就用椅子砸它的头，
上帝说："我很高兴！"

于是一切都下地狱。

乌鸦最后的抵抗

燃烧

　　燃烧

　　　燃烧

　　　　终于有什么

是太阳燃烧不了的，那是它最终

把一切化成的——最后的阻碍

它曾对之猛烈灼烧

一直猛烈灼烧

透亮，在闪闪发光的炉渣中，

在律动的蓝色、红色和黄色的舌头中

在大火绿色的舐食中

透亮而黝黑——

乌鸦的眼瞳，在它烧焦的堡垒塔楼里。

一块古碑破片

上面——为人熟知的唇，脆弱地垂落。
下面——大腿间的胡须。

上面——她的额头，令人注目的珠宝匣。
下面——打着血结的肚子。

上面——太多痛苦的蹙眉。
下面——未来的定时炸弹。

上面——她完美的牙齿，角落里有尖牙的痕迹。
下面——两个世界的界碑。

上面——一言一声叹息。
下面——血团和婴儿。

上面——脸，造型像颗完美的心。
下面——心的被撕裂的脸。

情　歌

他爱过她，她也爱过他
他的吻吸干她所有过往和未来，或试图如此
他没有其他欲望
她咬他　她啃他　她吮吸
她想在体内让他完整
安全稳妥永永远远
他们轻微的呻吟飞进窗帘

她的眼睛不想放走任何东西
她的眼神钉牢他的手、手腕和双肘
他紧紧抓住她以免生命
把她从那一刻拽走
他想让整个未来停止
他想双手抱着她，他想动摇
那个时刻的边界，进入虚无
或是永恒，或随便什么东西
她的拥抱是一种巨大的压力
要把他印入她的骨头
他的微笑是仙宫的阁楼
真实世界永难企及

她的微笑是蜘蛛的咬痕
所以他躺着一动不动直到她感到饥饿
他的言语是入侵的军队
她的笑声是偷袭的刺客
他的眼神是复仇的子弹和匕首
她的眼色是角落里怀着可怕秘密的鬼魂
他的耳语是鞭子和长筒马靴
她的亲吻是书写从容的律师
他的爱抚是漂泊者最后的钓钩
她的爱情把戏是研磨着的气塞
而他们深挚的呼喊在地板上蠕动
像一只拖着硕大陷阱的动物

他的承诺是外科医生的开口器
她的承诺撬开了他的头盖骨
她要把它做成一个胸针
他的誓言把她所有的筋都扯了出来
他让她看如何打同心结
她的誓言把他的眼睛放进福尔马林
置放在她秘密抽屉的最里面
他们的尖叫戳进墙里
他们的脑袋瘫软分离跌入梦乡
就像两半蜜瓜耷拉着，但爱却难以停歇

在缠绕着的梦里，他们交换了手臂和腿
在梦里，他们的大脑把彼此扣押为人质

清晨，他们戴上了对方的脸

一出小戏的注释

起初——太阳靠得越来越近，每分钟都在变大。
接着——衣物被撕扯掉。
没有道别
脸和眼睛消散。
头脑消散。
手、臂膀、腿、脚、头和脖子
胸膛和肚腹消失
与地球上所有的垃圾一起。

而火焰填满了所有空间。
毁灭是彻底的
除了还留在火焰里的两个奇怪的东西——
两个幸存者，在火焰里茫然地动。

变异——在核能耀眼的光中习以为常。
怪物——毛茸茸还流着口水，光滑而阴冷。

他们在虚无中相互嗅着彼此。

他们绑在一起。他们看起来像在啃噬着彼此。

不过他们并没有啃噬彼此。

他们不知道做点别的什么。

他们开始跳一种奇怪的舞。

这就是这些简单生物的婚姻——
在这儿欢庆，在这太阳的黑暗中，

没有礼宾和上帝。

爱的宠物

那是只动物还是只鸟?
她抚摩它。他温柔地对它说话。
她把她的声音变成它的幸福森林。
他面带甜蜜如糖的微笑领它出门。
很快它就常常舔他们的亲吻。

她把自己声音的弦线给它吞下
他把自己脸上的血给它它变得热切
她把嘴里的甘草糖给它它变得茁壮
他打开自己未来的茴香籽
它咬住一口吞下，变得凶猛，夺走
他双眼的焦点
她把手的平稳给它
他把脊梁的坚强给它它把一切都吃了

它开始哭喊他们能给它什么
他们把日历给它它把他们的日记锁上
他们把睡眠给它它吞噬了他们的梦
甚至在他们睡着的时候
它吃掉了他们身上的皮和下面的肉

他们把誓言给它它的牙把饥饿磕得叮当作响
透过他们说的每个字

它在地板下发现了蛇它吃了它们
它在他们手心里
发现一只可怖的蜘蛛就吃了它

他们把双倍的微笑和茫然的沉默给了它
它在他们的地毯上咬出洞来
他们给它逻辑
它把他们头发的颜色吃掉
他们把一切可能到来的争吵给了它
他们给了它大叫大嚷，他们是认真的
它把他们孩子的脸吃掉
他们给它相册他们给它唱片
它把太阳的颜色吃掉
他们给它一千封信他们给它钱
它把他们的整个未来吃掉它等着他们
瞪着眼受着饿
他们给它惊声尖叫它已离得太远
它吃进他们的大脑
它吃掉屋顶
它吃掉孤独的石头它吃掉叫卖饥荒的风
它怒不可遏地离开了

他们哭着叫它回来它可以吃掉一切

它把他们的神经剥取出来无味地反复咀嚼
它咬住他们麻木的身体他们没有反抗
它咬进他们空虚的大脑他们浑然不知

它咆哮着动起来
穿过星光和碗碟的废墟

它缓缓撤退他们无法动弹

它远去了他们说不出话来

水如何开始荡漾

水想要活

它去太阳那儿结果它哭着回来

水想要活

它去树那儿，他们把树烧了，它哭着回来

树腐烂了，它哭着回来

水想要活

它去花那儿，他们把花揉成一团，它哭着回来

它想要活

它去子宫那儿它碰见了血

它哭着回来

它去子宫那儿它碰见了刀

它哭着回来

它去子宫那儿它看见了蛆虫和腐坏

它哭着回来它想要死

它去时间那儿它穿过了石门

它哭着回来

它找遍所有空间寻觅虚无

它哭着回来它想要死

直到它无法再哭泣

它躺在万物的下面

彻底虚脱　彻底清澈

小 血

哦小血，在群山中躲避群山
被群星所伤而泄露了身影
吞噬着疗伤的大地。

哦小血，小而无骨小而无皮
用朱顶雀的躯体耕作
收割风，击打石头。

哦小血，在牛颅骨里击鼓
伴着蚊虫的长脚、大象的鼻子
和鳄鱼的尾巴跳舞。

变得如此聪明如此可怕
吮吸着死亡发霉的乳头。

坐上我的手指，在我耳边歌唱，哦小血。

选自《穴鸟》（ 1975 ）

惊　叫

墙上是阳光——我孩提时代
托儿所的画。我的墓碑在那儿
分享了我的梦，和我一起痛快吃喝。

鹰整天在完善它的技艺
甚至整个夜晚这奇迹一直持续。

群山在烟雾缭绕的营地里懒洋洋的。
地里的虫子在好好地干活。

古铜色的肉体，被古铜色的饥渴唤起，
像乳房前新生的婴儿，
熟睡在太阳的仁慈中。

而铁那空洞的重量
它突然出现，冲向人群，不知打哪儿来，
却让我感受到勇敢和活力。

当我看到小兔的头在路边被碾碎
我知道我驾乘着星系之轮。

柜台上鬃毛都沾满了血的小牛头
像面具一样咧着嘴笑，太阳和月亮在那儿起舞。

而我伙伴的脸缝合起来了
他们曾打开它把什么东西取出来
不费吹灰之力——

他微笑，在半昏迷中
如石庙里的笑容。

于是，我，也开口要赞美——
但一阵沉默锲入我的咽喉。

像一把黑曜石匕首，干涩，锯齿边，
一块沉默的火山玻璃①

惊叫声
喷涌而出。

---

① 火山喷发出的熔岩迅速冷却来不及结晶而形成的玻璃质岩石。

行刑人

填满
太阳，月亮，星星，他把它们填满

用毒芹提炼的毒药——
它们变得黯淡

他把夜晚和清晨填满，它们变得黯淡
他把大海填满

在被填满的盲目的天空下，他走进来
穿过这被填满的无光的水面

他填满河流他填满大路，像触须一样
他填满溪流和小路，像血管一样

水龙头里滴出一滴又一滴黑暗
沾在你的鞋底上

他填满镜子，他填满杯子
他把你的思想填满到你的眼眶

你只能看到他在填你朋友的眼睛
你现在抬手去触摸你的眼睛

他已经将之完全填满
你触摸他

你根本不知道发生了什么
那些都不再是你的了

感觉就像这世界
在你眼睛睁开之前

骑　士

已经取胜。他已献出一切。

此刻他跪着。他献上他的胜利
解开他的盔甲。

在他面前是大地上寻常而荒凉的岩石——

是最初也是最终的祭坛
他在上面放下他的战利品。

那是理所应当的。他以大地之名去征服。
把这些奖赏托付给

小而疯狂的草木，淤积的矿物
还有雨。

一声可怕的怪叫腾起。
所有宇宙在他头上喧响——

这儿一根骨头，那儿一块破布。

他的祭品是完美的。他毫无保留。

天际线把他扯成碎片，风把他喝下，
大地从下面把他拆散分解——

他的顺从完美无瑕。

蓝头蝇飞离他的美。
甲虫和蚂蚁主持仪式

指指点点纠缠着他。
他的耐心只会变得越来越宏大。

他的眼睛在警戒中变暗变醒目
当教堂崩坍。

他的脊梁经受住了宗教仪式，
文字朽烂——

翼骨和爪子
古雅威严的语言。

这战士
已无一物留存，除了他的武器

还有他的凝视。

刀剑，长柄，松弛的弓——而颅骨的美

被包裹在他军旗的破布里。
他就是他自己的军旗和破布。

而太阳每时每刻
都在深化它的启示。

审判堂里剥了皮的乌鸦

一切黑暗聚拢，围着一个蛋。

黑暗里面此刻空无一物①。

一个污点把我击倒。它阻碍了我。

一个球形污点，一颗"不存在"。

虚无靠拢朝我呼气———一层霜

一条湮灭的披巾把我卷成虾米般的胚胎。

我飞升越过天际———我坠落穿过地狱。

我在一个无名之地飘浮

飘浮似雾球，似繁星。

一切附着物的浓缩

一种发光的简化。

唯独这呼喊在薄纱里挣扎。

---

① "空无一物"，原文为 nothing，下文中的"不存在"，原文为 unbeing，"虚无"原文为 nothingness。

我去往何方？在此地我身上会发生什么？
会永远这样吗？这是
虚无的终结和开端吗？

或者是我在接受照料吗？
是意味深长的关照孵育了我吗？
我是某个胚种的自我

在这白色的死亡黑暗中，
是这来世的枷锁？
我该有怎样的羽毛？我的弱点

有什么好处？巨大的恐惧
栖息在我所是的东西上，像一根羽毛落在手上。

我不应反抗
派定给我的任何东西。

我的灵魂剥去了皮，我灵魂的皮
被钉成判官们的脚垫。

向　导

当一切能够坠落的都已坠落
有什么东西却在升起。
离开这儿，规避那儿
那边和这边，是我前行的方向。

在刺眼的雪让你睁不开眼的地方
我启程。
在白雪妈妈暖暖抱着你的地方
我起飞。我举起你。

崩塌的世界
为我开路

而你紧紧依靠。

我们走

进入这风。烈焰之风——红色的风
和黑色的风。红色的风吹来
要掏空你。而黑色的风，这久吹的风

这逆风

要洗涤你。

接着这"非风"，微弱的呼吸，
由安乐之源填满你。

我是指针

富有磁性的
一次震颤

是搜寻者
是寻获者

他的腿到处跑

直到它们在仅有的一次纠缠中
似乎绊倒并夹住了她的腿

他的手臂抬动物件，摸索过黑暗房间，最后
双手抓住她的手臂
终于，终于织体躺下

最终他的胸推挤着
直到顶住她的乳房

他的肚脐在上面最大可能地贴紧她的
就像一面镜子恰好向下面对着另一面镜子

就这样当身体的每个部分
像公牛压紧母牛，不会停下来
像牛犊寻找着妈妈
像一个沙漠的踟蹰者，在他的幻象中
寻觅着动物蹄子搅动过的洞穴

终于得到想要的，就停止不动，闭上眼睛

接着这样的真理和伟大降临

好像是在一座新坟上，悼唁的人们已离去
而繁星闪现
大地，寒毛倒竖、阴冷逼人，纤小又迷惘
重新开始它的探寻

匆匆穿过这巨大的惊奇。

躲藏三天的新娘新郎

她给他他的眼睛，她找到的它们
在一些瓦砾中，在一些甲虫中

他给她她的皮肤
他似乎就是从空气中扯下再披到她身上
出于恐惧和惊异，她泪流啜泣

她为他找到了他的双手，把它们重新装在手腕上
它们自己都感到惊愕，它们把她抚摩个遍

他把她的脊椎组装好，他仔细地拭擦每一块
并把它们完美地按顺序放置
一个超人的难题，他却灵感焕发
她后仰着胡乱扭动，笑着用它，难以置信

此刻她又拿来他的双脚，她正在把它们连上
让他整个身体焕发光彩

他给她打造出新的嘴唇
所有的调试已结束，还有新的缠绕线圈，全都油光锃亮

他在给每个零件抛光，他自己都不敢相信
他们带着彼此去晒太阳，能容易办到
每迈出新的一步都是在检验每一个新的事物

有时她抚平他颅骨上的金属板
这样焊头就看不出来了
有时他仅用一根导线
去连接她的喉咙、她的乳房还有她腹部的坑

她给他他的牙齿，把它们的根绑在他身体的中心销上

他在她指尖上戴上圆箍饰环

她用钢铁般的紫色丝绸在他身体上四处缝缝补补

他给她嘴里精巧的轮齿上油

她用深切割的涡形管镶嵌进他的颈背

他陷进她大腿内侧的空间

于是，亢奋得气喘吁吁，伴着惊叹声
像两尊用泥捏成的神
在泥土中摊躺着，但小心翼翼

他们把彼此引入完美。

复活者

他站起身，占满整个门口
在大地的外壳中。

他抬起翅膀，把什么东西的残留物遗弃，
一堆杂乱的碎屑，乱得像胞衣。

他每振翅一次——一个罪人的释放。
他要超度很多。

他溜到世界的眉宇后面
好似音乐逃离它的头颅、时钟和天际线。

在他突然出现的影子下面，灌木丛中火焰大声呼喊。
当他展翅翱翔，他的轮廓

是个十字架，被光吞食，
在造物主的脸上。

他怪异地变换世界
在太阳黑子如地震一样出现时。

燃烧尚未消退，
一棵旋转的树——

在他飞落的地方
一块皮从光秃秃的末日启示上蜕落。

每一个原子
都用钻石镌刻在他的眼球晶体上。

在他风儿徐抚的华彩熔炉里
泥土变成上帝。

但仅在他愿意停落
在人的手腕上时。

选自《季节之歌》（ 1976 ）

三月的牛犊

打一开始他就身着盛装——黑白相间
小方特勒罗伊①——留着额发泛着光泽，
礼拜日正装，神气的婚礼打扮，
站在沾着牛粪的稻草堆中

在蛛网一样的光线下，泥巴墙边，
身子的一半都是腿，
眼睛闪闪发光，别的都不要
只要能常常回来吃母亲的奶。

其他一切都秩序井然，像它原来的样子。
让夏季的天空暂缓到来吧。
这就是他想要的。
每次一丁点儿新事物，最好。

太多或者太突然，都太吓人了——
当我挡着光，来自太空的大块头，

---

① 《小爵爷》中的人物。《小爵爷》是英国作家弗朗西斯·伯内特（1849—
  1924）的第一部儿童小说，讲述了一个七岁的美国男孩成为英国贵族爵位
  继承人的故事。

让他进来到母亲那儿吃奶，

他疾跑一两码，马上愣住不动，

从每根毛发里瞪着四面八方，

做好了最坏的打算，禁闭在他充满希望的宗教里，

一段小小的推理

用湿漉漉蓝里透红的口鼻，论证上帝的拇指①。

你看得到他所有的希望都在忙乱

当他走到破旧的铁轨间

走向他母亲晃动不稳的烤炉。

他颤动着长大，伸出卷着的舌尖——

牛群在这儿都找到了什么

让这个可爱的小家伙

这样急切地做准备？

他已然加入比赛，激动地想赢——

他新生的紫色眼球猝动着

推挤着执行他的计划。

饥饿的人们越来越饿，

屠户们不断开发专长和市场，

---

① 牛顿曾说："如果没有什么可以证明上帝存在，那么大拇指就可以让我相信了。"

而他只是摇摇尾巴——
在他小巧玲珑的身影里闪闪发光
没意识到他与整个宗系
是如何息息相关。

他舔着肋边，因感知到世界而抖动。
他就像一团余烬——
把自己点亮发出光芒
他自己就是燃料，呼吸着发光。

很快他会冲出去，撒播他激昂的喜悦，
出现在青草边，
在如此宽广的地面自由自在，
去发现自我。驻足。哞哞叫。

三月的河

时而这河是丰盈的，但她的嗓音低沉。
这是她浩荡的国王大海
在各个村落微服私访。

时而这河是干涸的，没有歌唱，只有微弱疯癫的耳语。
冬季的洪水糟蹋了她。
她蹲坐在又脏又湿的堤岸中间，捻摸着破衣裳和垃圾。

时而这河是丰盈的。一种深沉的合唱。
那在天空司职的高傲云朵，
在去大海度假的路上。

河又干涸了。她一身瘦骨嶙峋。
从她满是枯枝的棚屋里
透过褪色的漂浮物的枯发，她羞耻地抬头偷看。

时而这河是丰盈的，收集着披巾和矿产。
雨带来丰饶，不过她拿走了百分之九十九
只留给田野百分之一去度日。

时而她是干涸的。时而她是虚弱的东风。

蜷缩在洞窟和拐角里。黄铜色的太阳让她头疼。

她失去了所有的鱼。她在打寒战。

然而她再次变得丰盈。她在视察自己的土地。

一大堆鳞茎毛茛从她的皱褶处涌出，熠熠生辉，无法掩藏。

一条鲑鱼，一种纯银色的播撒，

鼓出身子闪现。

苹果堆①

花的节日
争奇斗艳和醉酒摔跤过后
一些难看的小肿块出现了，是奖赏的
小真相。

满树繁花的飞红和彩屑
清风轻拂的伴娘和隐蔽的快照过后
是折磨人的关节，女仆皲裂的手，
还有劳累一早上后平淡无奇的苹果。

希望曾是非凡的，湿漉漉的星辰把蜜腺融化，
不可思议的报价——
然而狡猾的现实回来了，不易察觉，
晦暗呈叶绿色，隐蔽着，仍然苦涩粗硬。

果园亮出翅膀，一个新的天堂，一个黎明嘴边的末日
启示
亲吻着沉睡者——
苹果浮现，在太阳的黑色阴影里，在被侵的树林中，
一群散乱的幸存者，几乎都病了。

---

① Dumps，废物堆，垃圾场，也有忧郁的意思。

雨　燕

五月十五。樱桃花开。雨燕
在一声长长的尖叫后出现
叫声尖细如针。"快看！它们回来了！快看！"它们又消失
在一处峭壁上

节制的滑行的尖叫
萦绕屋尾，从樱桃下飞离。消失了。
突然间在苍穹顶忽隐忽现，三四个一起，
虫蝇般弱不禁风，盘旋着搜索，聆听

寒流——那是否还太早？一躬身
猛力左切，接着往右，再扑棱一下
它们倾侧滑下，抖动着寻找平衡，
而后急冲直下到榆树背后

无影无踪。
　　　　　　它们又一次做到了，
那说明地球照旧在运转，天地万物
正在复苏重振精神，我们的夏天
依然会来临——

它们来了，它们又来了

喷涌着越过院子里的岩石

弹片飞溅般的惊惶。蛤蟆般瞪眼看的家伙

赛车手的护目镜，跨国匪徒——

三四声铁丝般的尖叫的套牛绳

越过彼此移动着

在它们之字形路线上转动死亡之轮。

它们拍打着经过，满是结实的羽毛，

顺着猛烈的气流转向，突然抛上屋顶，

又无影无踪了。它们鼹鼠般暗中卖力前行，

它们狂热又敏捷的急行急停

还有它们飞旋的桨叶

熠熠闪着蓝光——

不再属于我们。

老鼠洗劫了它们的巢，所以现在它们躲着我们。

时而围着更走运的房屋

它们在傍晚的泥泞小路上簇拥集会，

攀比着喧闹声，好似引擎高速运转的尖叫声，

齐头高，飞掠过门口

铅块般的速度，蝴蝶般的轻盈，

过大的力量，响箭般飞进屋檐。

每年都有一回初次尝试，接近飞翔
还没有适应啪嗒一声摔在我们院子里，
摇摇晃晃翻个筋斗要腾空而起。
他像蝙蝠似的用纤细无力的脚爬动，缠结

像个坏了的玩具，尖细地呼叫
直到我把他抛向空中——之后突然间他就飞走了
在他弯曲如弓的肩膀下是巨大的浮力，
摇摆着节节攀升滑翔而去

他们把生活简化在纤细的铁丝上，
重重地掉进树莓。
随后是厨房
心急火燎的救护时间。留着小胡子的野蛮妖精

在围巾里筑巢。光灿夺目的茫然
像个天使，对我献上的肉末和蚊虫视而不见。
接着闭眼休息。蜷缩着瘦弱的利爪。
命中注定的巴尔沙之死。
　　　　　　　　最后是安葬
为我小小的阿波罗
之躯壳——

焦干的尖叫
折裹着它巨大的力量。

绵　羊

I

绵羊已经不再哭泣。
整个早晨在她的铁丝网羊圈里
在草地上，她一直在哭
因为她失去了羊羔。他们是昨天来的。
那个时候，她的羊羔勉强能够站立，
可以迈开蹑手蹑脚、畏畏缩缩的步伐。
而现在他消失了。
他仅有正常大小的一半，
他的哭声也不对劲。
不是那种干涩的、微微生硬的咩咩叫声，
那是一种平舌的婴儿啼哭声，人的哭声，
那是绝望的人所发出的一声平缓的"哦"！
我从未听到任何羊羔这样叫过。它的后腿
蜷伏在隆起的脊背下，
它虚弱的臀部朝肩部倾斜着
以求支撑。它那满是粗硬白羊毛
角锥一般的头，架在摇摇晃晃的脖子上，
一双悲伤、挫败的眼睛，清瘦而可怜，

太小了，它一直在哭

哦！哦！踉踉跄跄地走向

警觉、困惑、跺着脚咆哮的母亲

她提防着我们的图谋。他太虚弱了

找不到她的奶头，也不能用鼻子拱到身下，

他还没这精力。他完全只专注于

站直这件事上，而后拖着步子

走向她挪移的地方。她知道

他不对劲，但她

却弄不清楚。他粗糙蜷曲的腿，

体形矮壮，有着

出众的蹄尖，

只是有点碍事，像是受到诅咒

不得不背负一捆松散的柴火，

对他来说太沉重了，只是偶尔

能支撑一下，但是没有力气，起不到真正作用。

当我们让他母亲蹲坐在尾巴上，他把她的奶头含进嘴里，

但只是唾沫微微洇湿，一分钟后

再次失去目标和兴趣，他的鼻子晃来晃去，

在设法应对一个难题

极为紧迫而重要。夜幕降临前

他还是站不起来。

不是不能茁壮成长，他生来不缺

任何东西，唯独没有意志——

那也可能像四肢一样有缺陷。

对他而言死亡更有吸引力。

生命却不能引起他的注意。
所以他死了，黄色的羊水
还沾在他羊毛衫上。
他没有活过一个温暖的夏夜。
此刻他母亲又开始哭泣。
榆林里的风广阔无边
群花含苞待放。

Ⅱ

这一次黑暗的牲口棚又是怎么回事
在那里人们把我猛然拉离地面
用杀人的嗓门在我头上大喊
在我身体的某个地方做令人痛苦的事

为什么我被拽着腿从我朋友身边拖走
在那里我被安全藏匿虽然有点热
为什么我被拖进光亮处，背着地转圈
为什么我被迫屁股坐着腿都撒开

一个男人双膝紧紧卡住无助的我
那蜂鸣器是怎么回事，它靠过来干什么
像一只硕大凶猛的昆虫在一条盘卷的长蛇上嗡嗡响
这个男人用这个嗡嗡响的东西要对我做什么

我无法看见他把它贴紧我

我投降我任腿踢蹬任自己被杀死

我任由他把我拉扯起来把我拧平
手和腿的杠杆作用让我的脖子被死死固定在他的脚踝下

而他顺着我的整个肚子在做着什么可怕的事
当他嗡嗡绕着我的那些小奶头时，它们无助又惊恐地立着

可怜的老母羊！她从一个可笑的角度四下张望。
冷静且聪慧的眼睛，是带有灰色条纹的玛瑙和琥珀色，

眼睛深沉清澈富于情感和理解力
而她怪物般的蹄子无助地晃荡
一声不像羊叫的呻吟在她挤扁的喉咙里震荡
剪毛机在她的腹股沟嗡嗡作响而羊毛堆在一边

现在它在她喉咙处嗡嗡响而她露出白皙的身子
越来越怪异地柔美裸露
大肚子皮包骨头，她的旧毯子，及其缠结的流苏
像一件泡沫般黏稠、柔软而色如蛋黄的长袍，堆在她身边

浑身酥麻，她突然感到轻松多了
她感到解脱了，腿又是她自己的了，于是忙乱地站起身
等着手揪住她再次把她放倒
她站在他双膝横跨的弧拱里面对一个明亮的入口

一声真正的咩咩叫安慰她怀着的羊羔

她疾步跨过门槛，高高地腾空而起

从恐惧的绞痛中挣脱出来

新生的轻松让她惊喜交加

她快步跑开，鼻子高高昂起，她的自尊未曾玷污。

她油腻腻的冬季负担缠卷在肮脏的地上，留给别人去操心。

跳动的崭新屁股上有一个漂亮的、未干的绿色烙印，

她咩咩叫着，已成功解脱。

Ⅲ

妈妈们已经剪完羊毛

回来了，而篱笆后面

绵羊的悲伤

就像黄昏时的战场，战斗已结束，

开始寒冷，露水滴落，

女人们弯着腰提水。

妈妈妈妈妈妈

羊羔们在哭喊，妈妈们在哭喊。

什么也不能阻碍那种探查，那种哭喊

羊羔呼喊着妈妈，

或母羊呼喊着羊羔。羊羔们

在那些剪了毛的陌生者当中，找不到妈妈。

它们已经恸哭了半个小时，

声音在绝望中颤抖。

光秃秃、声音粗暴的妈妈们粗声叫着，
舌头平直的羊羔们把绝望切断。
它们心里充满恐慌，身体
悲痛混乱如麻，它们哭喊着悲伤，
把苦恼纠缠在一起，一首
由越来越糟的痛苦纠结成的乐曲，
它们用尽力气
仓促唱出微弱的音调，哭喊着四下里搜寻。
妈妈们突然用力挤出绝望，咩——！
脚片刻不宁，头野性狂乱。

它们的痛苦在六月的高温里持续。
只是它们的疼痛随着声声哭喊慢慢消失了，
它们已然适应了发生的一切。

傍晚的画眉

隔着黄昏的菩提树和柳树
教堂的工匠还在忙碌——
成套的神像，
用教堂墓园里紫杉的残料
做出粗糙的盖尔人以前的男女神明。

冷不丁
把一切甩开，昂头，赤炎一般，
抖动着猛冲向这创造者——

而后吃力地返回，一瘸一拐走在鹅卵石上。

那是个艺术大师的玩笑。

现在，一本正经，全力伸展，
他瞄准天顶。他把一个音符
准确无误地置入光源。

缝制一件无缝的衣服，同时
投出露水的标枪

三滴同时掷入空中，再接住它们。

诠释了一个研究过的严谨可行的定理。

目光冷静，
在尘世的习俗中叽叽喳喳地
与维纳斯和朱庇特闲言碎语。
　　　　　　　　　　　听——
一动不动、聚精会神的天文学家。

突然冲出一个灵魂——

最初的玫瑰在羁绊恍惚中悬垂着。
一个接一个天体滚出来
穿过他满是露珠的长笛——

树堆经受住变宽的圆弧。

形单影只，天色变暗
在一颗星的祭坛前
他的剑穿过喉咙
这肉身的画眉
继续在坟墓上争辩不休。

噢，画眉鸟，
如果那才真的是你，在树叶的屏障背后，

那么这又是谁——

形容憔悴，在草坪上，在日落后，
驼着背，一声不吭，鸹属，
像个被囚禁的长途卡车司机，茫然

由于虫子、妻子和孩子的
斗争、顶撞，没完没了？

丰收的月亮

火红的月亮，丰收的月亮，
沿着山丘滚动，和缓地弹跳着，
一个硕大的气球，
直到它飞起，向上沁入
躺在天底，像一枚达布隆金币^①。

丰收的月亮已来临，
轻声隆隆地穿越天空，像巴松管。
大地整夜都在回应，像低音鼓。

于是人们无法入睡，
所以他们走出去，在虔诚的静默中
到榆树和橡树跪着守夜的地方。
丰收的月亮已来临！

所有沐浴着月光的牛和羊
目瞪口呆地盯着她看，此刻她膨胀起来
填满天空，如同火烧火燎，启航游动

————————

① doubloon，古西班牙金币。

越来越近，就像世界尽头。

直到金色田野里遍地的饱满麦穗
大喊："我们熟了，收割我们!"还有河流
从熔化的山丘上如汗水般流出。

叶　子

谁杀死了这些叶子？
是我，苹果说，我把它们都杀死了。
胖得像炸弹或炮弹呢
我杀死了这些叶子。

谁看到它们掉落？
是我，梨说，它们让我赤裸
以至于人们都能指指点点地看。
我看到它们掉落。

谁会接住它们的血液？
我，我，我，西葫芦说，我西葫芦。
我会变得圆圆胖胖，他们得用上车轱辘。
我会接住它们的血液。

谁来给它们做寿衣？
我来，燕子说，时间正好足够
之后我得把络纱打好包再走。
我来给它们做寿衣。

谁来给它们挖坟？

我来，小河说，用云彩的力量

我会在我的洪流下面挖出一个棕色的深坟。

我来给它们挖坟。

谁来做它们的牧师？

我来，乌鸦说，因为众所周知

我对《圣经》的研习已深及骨髓。

我来做它们的牧师。

谁来做送葬人？

我来，风儿说，我会在草丛中哭泣

在我所经之处人们会寒冷而面色苍白。

我来做送葬人。

谁来抬棺材？

我来，落日说，整个世界都会啜泣

看着我把它放入至深之地。

我来抬棺材。

谁来唱圣歌？

我来，拖拉机说，伴着我研磨齿轮发出的喉音

我会犁好麦茬地，用油门来唱吟

我来唱圣歌。

谁来敲丧钟？

我来，知更鸟说，十月里我的歌

会告诉静寂的花园说这些叶子都死了。

我来敲丧钟。

秋日笔记（选）

Ⅲ

栗子带衬垫的小屋开裂了。
它张开一只非洲人的眼。

一位家具木工，扎根于万物的
年长的大师，再一次成功。

它滑溜溜的光泽令人着迷，
从边缘往里面窥探——什么？

顺着旋转木纹的井道往下，
经过提着五月灯盏的慷慨之手，

进入一棵茂盛的树的童话
它根本不知道打栗子这回事

也不知男孩们的战争游戏。
虽然看不见他，这匹胖乎乎的母马

背着一位身披铠甲的高大骑士
走向大地盘根错节的幽暗森林。

他要去北方战斗。
他必须从大雨中乌云密布的城堡

赢得一位阳光公主。
如果他败北，邪恶的脸庞，

没有眼睛的牙齿，会把他撕成碎片。
如果他告捷，并成功

夺得他的王冠，从龙那里
它好像一只蛞蝓

他就会君临我们的花园
主宰两百年。

IV

当榆树繁茂之时
当它鼓荡，全身绷紧鼓声隆隆
像一艘满帆的船

这就是我感觉到的
齐腰深，我跋涉穿过土地，
我俯向这地平线，逼近这陌生的港湾。

就像这大海是帆船的根

这世界是我的根。

当这鼓胀把乌鸦从榆树树冠上托起

这两极都是我的家，它们摇荡我哺育我。

而现在榆树纹丝不动

整个身子一丝不挂

树叶是卷心菜的地毯

它矗立着，被奇特的金光笼罩

永恒用这种闪光

拍下突然出现的公野鸡——

像引擎在嘶鸣，火球鸟扑啦啦腾起，

马力全开地震颤

它的三叉尾尖翻腾着

而榆树站立着，惊诧不已，湿湿地闪着光，

而我站立，目眩深至骨髓，失明了。

V

透过整个果园的树枝

一片蜜色的宁静，匆忙潜行，

现在所有能够逃离的，正不动声色地迁徙。

在熟透的苹果下，一本快照影集在闷闷燃烧。

拿着一根光秃秃的枝条
被光晃得目眩，我将顺它执拗的羽毛。
一簇金色的皮毛火焰。空气的一次蓝色震颤。

随着它们一个接一个脱壳，
瘦削的脸消失了。渐黑的什么东西
干瘪成灰色的振翅。硬块的核儿变硬。

一切都必须要经历这个过程。每个血细胞
及其微光都不例外。一切总会离去。
我的脚跟挤压潮湿的覆盖物，我蹲得发酸。

一阵风浪穿过橡树升起。
严重灼伤，变得酥脆，正湮灭的篝火
在看不见的火焰里嘶嘶作响——还有火焰的喧嚣。

一只受惊的乌鸫，枯瘦，警觉，叱责
那每一处缓慢曝露的——逃走了，又回来。

VI

水波摇曳、蓝天如水洼般的十月。
远方显得微小，沟渠在闪耀。
花儿如此微不足道

它们没有被载入任何一本书。

我走在高高的田野上感受着
成千上万的地球居民赶集的喧嚣。
早到的田鸫，是兴奋的异乡人。
一只斑尾林鸽压过来，来头像个警察。

远处砰的一声！接着又一声！七零八落的回声——
乡村的乐趣。农家的上宾，
身着美军绿色战服，即将践踏荆棘，
挥舞他的枪像把桨。

我以为是和一位邻居擦肩而过——
狐狸臭，一张暖和的网，浓稠得像木焦油，
挂着最后的水灵灵的黑莓——
然而那是个葬礼仪式。

他已经潜伏了两夜，耐心地守着位置，
在大地最初的露珠下缩拢，
像死蕨菜一样皱成一团。他的臭气
会萦绕他的遗骸直至春季。

而我会偷走他的尖牙，戴上它们，向它们致敬。

九月的大蚊

她挣扎着穿过草织成的网——没有飞起来，
她的肢体长着宽大的翅膀，紧绷着，像轻盈的编织物
摇晃着，像一辆古董运货马车，一辆头重脚轻的庆典马车
通过山峦叠嶂
（没有在水面上滑行，用尾巴点水）
只是跌跌撞撞迈着大步，步伐很大，趔趔趄趄
泛着姜黄色光的翅膀
磕磕碰碰。
没有特定的方向和目标，
仅仅是在做最后一次尝试
以逃离那不可抗拒的任何东西，腿，草，
花园，郡县，国家，世界——

她间或在草的森林里休息很长时间
像个童话里的英雄，唯有奇迹才能救她。
她无法看透这片森林的奥秘
比如说，里面的这个巨人瞪眼望着——
巨人知道她无论如何也得不到救援。

她竹节一样的壳体，

她龙虾一样的肩头，还有她的脸
像条针头龙，长着柔软的长髭，
还有她翅膀上简单朴素的教堂窗户
在探索途中终会完结，会很快。
她周围的一切，所有完美的外衣
已然多余。
她过度畸形的腿以及蜷缩的脚
是她无能为力的难题。
葡萄糖和甲壳质的微积分
不足以让她测算出草梗的无限。

磨破的苹果树叶，咕哝着的渡鸦，坏掉的拖拉机
陷进蔓草里，以倍增的方式等待
跟其他星系一样。
九月天空向北行进，这辽阔且平和的休战，
好似一个移动的帝国，
抛弃了她，她累赘的肢体和头脑
陷入微小的困局。

天使之音（选）

*
与大地的碰撞终于到来——
我能跌落多远？

一条海藻，漂浮
在我的给养物资中

一座山
植根于天堂的岩石里

一片海
满是月亮的幽灵，和碎裂的水光

尘雾在我头上
无力调和这水的碎片
一根指向众多北方的针

血之方舟
是老人们打开的魔法包袱
却在最需要的时刻，发现毫无用处

一个接一个错误
弥漫着
一片狂怒

*

我曾轻描淡写地说过
即使最糟的事情发生
我们也不会从大地跌落。

我还说过
不论什么火烹煮我们
我们仍会一起留在锅里。

还有比之傻两倍的话。
老实说，地狱都听到了。

她落入大地
而我被吞噬。

*

这是食人者的头颅。
这些眉毛是凯旋门
通向食道。

食欲，如耳聋的蝮蛇
盘曲在下面。它透过这些吊篮窥觑

对死亡一无所知。

而所有聚集物饥饿地流过漫长的路。
它的哭喊
让谷地鸦雀无声。

它在找我。

我在找你。

你在找我。

*
我看到橡树怀抱它的新娘。

远古昆虫们的通婚
颤抖的抽搐
水螅缓慢移动的力量
在满身皱褶的蜥蜴当中
掉落树枝、橡果和树叶。

橡树在极乐中
它的根须
抬起祈祷的臂膀
因圣痕而挠曲变形
像大地举起海水雕琢的峭壁

全然无声却在言说的塑像
橡树似乎行将死去
死于爱的行动。

此时我躺在它下面

陷入一片褐色树叶的乡愁

一颗橡果的恍惚。

*
一朵樱草花的边缘
像激光一样切割幻想。

一只野兔的眼睛
把审讯者扒得精光
仅剩一点恐惧的皮——
一片闪光的霜。

这是谁？
她袒露自己，又蒙着面纱。
有人

紧紧抓着什么东西的脖子
如撞墙一般，猛地把那额头
撞在那无法触摸的面纱上

那是无底洞的帐幔

直到血从嘴里滴落。

*
挥手道别，从你带围栏的病床，
挥手，流泪，微笑，脸红
都发生了
你把世界碰落，像个花瓶。

这是第三次了。它摔得粉碎。

我转过身
我弯下腰
在太平间我亲吻
你太阳穴冰冻的光滑面
就像雨滴落在墓园里的大理石，
我的唇紧张不安，心已不再

挺直
进入太阳之黑暗

像雅典城上的立柱

不复存在

在让人睁不开眼的照相机大都会。

*

燕子——在重建——
从母猪的泥坑里
采集所有东西。

但我做的不过是把灰尘弄得到处都是。
我头脑里闪过的念头
闪进了外太空。

要打听所有关于我的谣言，去读讣告吧
我真正剩下的
是那个东西——我的缺席。

所以你打算如何总结我？

我得见我的看守人
坐在阳光里——

如若你能抓住它①，你就是猎鹰中的猎鹰。

*

草叶不是没有

———————————

① catch，"抓住"，也有"领悟"之意，在这里有双关。

那种从未得见的忠诚。

还有乌鸦
把任何普通的东西和虫子泥都弄得平整
平衡着飘摇不定的旗帜
金色点缀黑色，恐惧与狂喜。

阴森的獾带着纹章面具
啃着铁铲，牙齿和下颏都碎裂了，
引出那最后令人战栗的战斗呐喊
从它的脊骨。

我也一样，
让我成为你的一位战士吧。

你的家
就是我的家。你的人民
就是我的人民。

*
我很清楚
你不是无可指摘的

我知道，你那么多难以收拾的古铜色头发
是如何掉得只剩下一卷
轻薄得像一条丝巾，在你头上，

还有你小马一样的眼睛是如何变黑变大

坚持用清澈又深邃的目光
盯着那仁慈的杀手

而我不得不帮你抬起你的手

当你的下巴垂至胸前
因为不堪疲惫
从大伙儿那儿带走
你令人嫉妒的美，你令人垂涎的美

你未曾利用的美

是你自行
把自己带走

因为努力而惆怅哭泣

*

有时候它来，一道阴郁的闪电，
就像面红耳赤的八卦
带着置人死地的流言蜚语

有时候它十分缓慢
让这里的东西变得坚强——

一棵令屋子黯然的树。

救世主
源自这些褶皱的面纱和疼痛的披肩

如同太阳
它本身就没有云彩也没有树叶

总在这里，总是她曾经的样子。

*

牛犊被迫与母亲分开
蹒跚走过乡间所有的篱笆
这儿那儿昼夜不停地哭喊
直至喉咙只能发出咕哝和唏嘘声。

一些日子之后，一阵恍惚的悲伤
又一次在田野上把它们汇集起来。
以后再也不会迷路。
从今以后，它们只需要彼此。

关于牛犊就到此为止。
至于老虎
他一动不动地卧着
像没人要的行李。

他徜徉在大地之光里，隐形一般。

他感到安全。

天堂和地狱都收养了他。

*

轰隆一声响———一阵火烧——
我睁开眼睛
在快被回声崩裂的山谷里。

一只孤独的鸽子
在树上哭泣——我无法承受。

自此中心
它让指南针疲乏不堪。

我是被杀了么？
还是我在搜寻？

这道彩虹是在从我身上抽丝吗？

这些翅膀是谁的？

*

在北冰洋海底，他们说。

或者"像旗帜飘扬的军队一样可怕"。

如果我等待，我就是一个城堡
用痛苦的石料筑成。

如果我动身
就是一条由痛苦缝制成的独木舟

✳

你的树——你的橡树
一道眩目的光

来自黑色上升的闪电，蠕动着攫取
转瞬即逝
在溃散的群星之下。

一个卫兵，一名舞者
在纯洁无垢的树叶井边。

花园里的剧痛。
黏土、水和阳光的报喜
它们在它的顶盖下吼叫如雷。
它的剧痛就是它的圣殿。

及腰深，黑色橡树在跳舞
而我的眼睛停顿

在它包含于此刻的几个世纪
像小虫
试着在它的皱纹里过冬。

　　　大海渴求着
　　　橡树。

　　　橡树
　　　骑着大地飞行。

选自《埃尔梅特废墟》（ 1979 ）

淡季足球

在凹陷的山谷间，小山的鞍背上
男人们身披彩旗色
蹦跳着，他们膨胀的球在弹跳。

膨胀的球跳起，这些喜形于色的男人们
似喷涌的水去争顶它。
球顺着风被吹走——

这些弹力好的男人们蹦跳着追逐它。
球跳起来弹出去荡在风中
越过树尖的深海。
接着他们齐声大喊，球被吹了回来。

来自天空炽热洞穴的风
在他们四周暗下去的小山上蜂拥而至
要让他们敬畏。刺眼的光
掺和着狂热的油料摆脱阴暗。
接着雨缓和了冷酷的压力。

头发粘紧，他们全都在踩水

选自《埃尔梅特废墟》（1979）　297

踩得水坑闪闪发光。他们的喊叫声突然响起
纤弱地传来，被洗涤，欢快

此时驼背的世界塌陷
山谷蓝得不可思议
在大西洋低气压至深处——

边锋们跳起来，他们在空中骑行
于是守门员一次横扑

又一次绝佳的大屠杀
掀起云的边缘，看着他们。

斯坦伯雷沼地

这些光之草
以为它们在这世界里形单影只

这些黑暗之石
拥有它们自己的世界

这泛着光与影的水
根本没有去品味天地万物

还有这风
刚好足以存在

它们并不是

一个围着微光挤作一团的贫穷家庭

不是任何短语里的单词

不是饥饿难耐的狼群

也不是一个星座里的邻居

它们是
用小饰品做的盔甲
你灵魂的石蚕
用所有的勇气将它紧紧贴附。

叶　模

在哈德卡斯尔的克拉格斯①，那回声博物馆，
为了她的小花园，她挖出叶模
她在那儿教你走路，其他人在写诗，

在拇指和食指之间转动一根松针。
感受其棱角，感受它们
如何把线穿过缝纫机。

                以及
比利·霍尔特发明了一种新的梭子
就像一颗蚂蚁卵，带着它折叠起来的工蚁，
和所有其他的卵一样。
你或许见过某只蚂蚁搬运过。
                以及
带着柯达火药的新兵踏步走了。而那些
炸掉他们脑袋、炸出他们内脏的
弹壳的纪念碑
是这些山毛榉树干的坚定伙伴。

————————

① 是英国西约克郡一个树木繁茂的山谷。

　　　　　　　　　还有橡树，桦树，

冬青，梧桐，松树。

　　　　　　　　最轻微的空气搅动

在她漫步时释放它们爱的低语
松针在哭泣，在歌唱，
把你的幽灵替身，还在她子宫里，
献给她庄严弥撒的圣殿。

因她的怀恋脸色苍白，被洗脑，
你成为接替她的转换者。
她因少女时代和那堕落而悲伤。
你为天堂和其寓言而哀悼。

赐予你生命之吻
她把整条溪谷挂在你的脖子上
像大卫的竖琴。
如今，无论你何时触碰它，
上帝只是聆听她的声音。

叶模。血一样温热。纤维
在拇指和食指之间被生生捏碎。
再一次感受
你脚底木屐的砰砰声，在街道的陡坡上，
在你逃离的时候。

荒　野

是个舞台
为天堂的演出准备的。
任何观众都是偶然的。

一个象棋世界，里面头重脚轻的国王和女王
带着浮夸的庄严转着圈
震颤着沼泽草棉
随着他们的大氅摆动。

斑驳的阳光里，愚者仓促路过，
一阵笑声——在全景中慢慢消退
变成轻叩岩石的草尖。

巫婆熬制的东西，在天空之瓮翻腾
旋转着电的恐怖
在绵羊的眼里。

逃离的幽灵情人们扭动着
瘫倒在死亡契约的倦怠中
沾湿了蓝铃花

在采石场的废石堆上。

落日下受伤的斗士们摇晃着出现
他们最后的微光汨汨流入坑洞。

溃散的、佝偻着的军队，群龙无首乱作一团
从一个世界逃亡
在那儿鸬工作到很晚。

中国人写的科尔登泉历史

一位没落的神仙找到了这个山谷——
叶子一样的贝壳
在天堂的岸滩上低语。他拿到耳边
疯狂的歌声在山间回荡，
雨水先知一般的嘴——

这样的静寂让他宁静入睡。以致他错过了
小妖精们沿着溪流往上跋涉。
仙子的锤声把他的睡梦铸成了
由头巾、坠铁的叮当声
还有织布机、阴沟水、坠铁
和《圣经》文字引起的偏头痛。

直到他在惊恐中醒来，挣脱出来，躺着喘粗气。
梦从他身上流走。他眨眨眼
不睬十字架的血腥事件
以及"穷苦"的骷髅头残像。

小教堂，烟囱，雾中的屋顶——零落散乱。

选自《埃尔梅特废墟》（1979）　305

抬起翅膀的小山，堆叠在山坡上。
它们骑着光的波浪
摇晃着低语的贝壳

一次次冲刷他的眼。
　　　　　　　　一切都被从他耳中冲走
除了狐狸的笑声。

杜鹃花

落下一滴寒毒
钻进我的颈背——
这压制的橡胶质监狱装束!

守卫,同时也被
这议会黑色、冷峻的
禁戒的岩石守卫着。

这警察护卫的叶片!

常青、可恶的不孕!
在死气沉沉的酸性花园上
忧郁的寡妇,在礼拜天被奉为神圣,
退缩成关节炎的发条装置,
像梗犬一样乱吠,甩动棍子
在又大又黑如同博物馆的门口。

衣冠冢与旷野之沉寂!
杜鹃花和雨!
都一样。结束了。

永远阴郁的正式着装——
水库边，小教堂，
以及墓地园区的制服，

似印度铜管乐队一般丑陋。

中　暑

礼拜六下午时分的自由
浆化为板球的眩目，纠缠于一个规则——
榛莽丛杂的山谷护栏
似雷霆般悬垂，限制着旋转投球手的角度。

撞击，脱手了，可能是漏了——
一个六分球！球被直接打中！
球拍破裂！振奋人心！
所有人都跳起来飞奔——

追着球飞跑，一阵狂奔
穿过礼拜六突如其来的洞穴——可是
啪地落到手里接到球的喊声
球猛地弹回到三门柱的橡皮套上

一切都成为泡影
到礼拜一更甚。

那铜黄色美国梧桐的苦恼！
那天鹅和僵硬波纹的苦恼！

接着又是"好啊""好啊"一阵疯狂叫好——
球拍紧紧绕着脖子一闪，
拉长的喊叫声似乎要抵达北海——
但它却早早减弱，甚至到不了米基利①。

而为昂贵生活奔走的腿，
在三柱门的笼子里闪着白光
再一次被球逼入墙角，钉在球门区，
被绿白相间的亭子挡得严严实实。

斗鸡眼，击球手出局，日晒引起的头痛！
缝进球皮的脑子
捶打着恍惚的四个角落
接住了又扔回去，接住，又一次接住

在滚烫的地上弹跳，被击打
到闪烁着工资幻象的铸币厂
到萨维尔勋爵②的石楠丛
到对恶毒考尔德的否决

直到眼神，如释重负，
从三柱门横木上垂下
落进茶杯底，

———————————

① 位于英格兰西约克郡的一个山顶小村庄。
② 人物出自英国作家王尔德的中篇小说《亚瑟·萨维尔勋爵的罪行》，讲述
 了萨维尔顺应命运，竭力完成谋杀的故事。

落在喂运河小天鹅的三明治碎屑上。

投球手已经投掷得快要瘫软。
晒伤的击球手们回来了，脸都变样了，
"像远行的人们归来"，
在傍晚长长的耀眼的光之墙下

回到家里凉爽床单上的黑色一隅。

麻 鹬

I

它们腾起
跃出这母体般的水蓝色线条

剥掉一切，除了尖叫
一些拧在一起几乎不能吃的肌腱

它们抛弃
越橘蓝的长袍
点缀着云朵的沼泽地

它们猛地爬升飞旋
绕过这岩石角峰

它们追踪一个遥远、摇晃着坠落的目标
穿过水面

它们的声音
戳穿这光的皮肤

啜饮着无名和赤裸

通过颤抖的喙。

Ⅱ

四月的麻鹬

把它们的竖琴挂在雾蒙蒙的山谷

一种颤动的水之召唤

一种湿了脚的地平线之神

新月沉入石楠丛

而金色的满月

在废弃的墙上鼓起。

献给比利·霍尔特

维京长船航行了这么远。然后
在鼻子和下巴上锚定。

恶劣之地，那里流浪者和逃犯
增强了诺里高地的视野。

一种深远而隐藏的凝视
静静地蓄谋杀人。

贫穷
把石头疙瘩切成文字。

求来的雨，接着是更多的雨，
给墙和屋顶。

不毛的山丘抱紧臂膀
为了结伴。

血管里的血液
作为消遣。

一块墓地
作为故土。

当人登顶

轻言远离了他们。
他们满是郑重的沉默。

家家户户都来支持他们，
不过这坚硬、稳固的经书却破裂了
裂痕里塞满了温和的风湿痛。

街道屈服于使命
要承受它的一切
它们打起精神，扛住压力
直到脊椎错位。

山峦继续轻轻地
摇动它们的格筛。

然而，有些眩晕的时刻
一台电视机
在狼的瞭望口眨了眨眼。

水渠沉浸的黑暗

哺育了野花豹——在灰色深处的菌类中。
泥鳅。蛰伏着，长着姜黄色的须，
藏着水渠砌体隐秘的史前史
有着小小丘比特的嘴。

有五英寸那么大！
在稀泥的岸上，在桥的倒影上，
我摇摇晃晃。接着一阵震耳欲聋的跺脚声
它们的触须突然绽放成一朵朵银莲花

全都沉入水底的峭壁。一阵疯人院般的喧哗——
石制工艺品般的小眼睛，两英尺深，三英尺深，
四英尺深，在下面透过我的倒影
观察着我的下一个动作。

它们的学生时代结束了。
窥探人类不是它们所学的部分。
所以当一个猴子神明，一个火星人
用渔网边挠它们的下巴

它们轻松地越过网边蛇行远去
回到渐新世①——
只有用厨房帘子做的网才能捉住。
然后它们从沧海桑田的亿万年中排腾而出

进入一个两磅重的果酱罐
它放在窗台上
随着曼彻斯特腐烂的肺
排放的放射性酸雨而变黑。

第二天早晨，锡安山
披着斗篷、撒旦般的威严在我身后
我慢慢地走——一步接一步——高高穿过天空
倔强、噘嘴、衰弱、苍白的新月

回到它们的天堂，我的天堂。

---

① 地质时代中古近纪的最后一个主要分期，约始于 3400 万年前，终于 2300 万年前。

鸡　鸣

我站在黑暗的山顶，在黑暗的山峰之间——
潮汐般的黎明正把天地撕开，
牡蛎般
张开来品味金色。

我听见迷雾中的鸡鸣
在山谷里点燃——
它们睡意蒙眬，
在山谷深处沸腾。

接着一两声清脆的升起，就像轻柔的火箭
又沉下去变暗。

然后升腾得更加有力、更加嘹亮、更加高亢
把迷雾撕开，
沸腾的闪光猛然上蹿爆发成光
把底下的云照亮，
雄鸡火红的头冠——镰刀一样的叫喊，
针锋相对，互不相让，
越挑越高，

选自《埃尔梅特废墟》（1979）　　319

升入天际时融为一体
在夜的边缘徘徊郁积。

直到整个山谷溢满鸡鸣，
一种神奇的柔软混合物沸滚出来，
涌泻并闪亮在其他山谷

鼓胀发光的金属马蹄铁缓缓攀升
从后花园的棚屋、鸡棚、农场
朦朦胧胧地落回去

直到最后的火星熄灭，余烬变灰

太阳爬到它潮湿的床上
开始一天的工作

此时城镇的炊烟从地洞里冒出
上面的黑色轮廓鲜明起来。

锡安山[①]

黑色

是一座挡住月亮的建筑。

它的墙——我的第一本世界指南——

是锡安山的墓碑石板。

在厨房窗户的上面，那高出的大块

是个陷阱——

每天快到第十一个时辰时

让太阳渐渐黯淡。

在下面被迫行进，由长辈们拽着

像只不肯挪动的小牛

我知道是什么要来了。

定罪的神圣眼神，像摩西一样抽搐着夸夸其谈——

上帝用摩利亚[②]被吓坏了的气息灼伤了嘴。

它们也被吓坏了。

一个被催眠的给养站，

---

① 基督徒心中的圣山，意指"赐平安的山"。

② 锡安山的另一个名字，亚伯拉罕献儿之地。

它们让我害怕，但它们也让彼此害怕。

而基督不过是条光着身子、流着血的虫子

他放弃了圣灵。

女人们阴冷如礼拜天玫瑰园

或揉捏成酥皮糕点，缠着死亡的蛛丝。

男人们在他们的监狱院子里，全神贯注，

锻炼着他们被恐吓、修剪过的灵魂。

嘴唇拉长口水丝，眼睛一动不动

就像血性青年的眼睛盯住腿不放，

就像深不可测的哭号

再次把它自己撞得麻木，在卫斯理①的奠基石上。

警报在黄昏时响起！

一只蟋蟀在锡安山的墙缝里

匆匆拼凑出它的乐曲。

一只蟋蟀！这讯息可怕，这响声可怕，在黄昏

像熊叫声，在黄昏，在烟雾弥漫的帐篷中——

蟋蟀是什么？蟋蟀有多大？

我闷在被窝里很长时间后

我还能听到它们

正在用狂暴的凿子和螺丝刀

扯裂神圣的建筑物。

---

① 约翰·卫斯理，18世纪的一位英国国教神职人员。

长隧道的顶板

所在的那座主干道运河大桥
摇篮般托着黑色钟乳石倒影。
那是黑泥鳅出没的地方!

远端，是摩登娜毛毯厂
上方是哈瑟·西尔弗的灌木面具
透过小窗往里窥望。

从布拉德福德①来的卡车，
捆着鼓胀高耸的羊毛和棉花，在我头顶
与罗奇代尔②来的卡车相遇，彼此擦身而过
引得隧洞里的空气和水震颤——

突然砰的一声!
一声长长的、闪烁的、沉闷的、濡湿的回音碎裂。

终于还是发生了!

———————————

① 英国西约克郡城市，是毛纺织工业中心。
② 位于英格兰曼彻斯特郡的城市。曾是一座工业城市。

那本应只是从顶板上掉下的一块砖！
桥正在坍塌！

但运河却吞没了恐慌，
忧郁的镜子再次平滑如玻璃，
黑色的穹窿向上凝视黑色的穹窿。

直到一块砖
在它的喷发中攀升——悬浮的大块
接着猛地砸落激起一阵震荡和碎片。

一个铸块！
至高的圣物！宝藏！
一条鲑鱼
几乎跟我手臂一般长，
与一条条青铜色泥鳅铸成的实心铁块相当！

他躺在那儿——懒洋洋的——逍遥的领主，
无视我。抚弄着，忽视着
向东流去的渐缓的车流，
奔宁山①口的主人！

出没于某种熹微的闪光，在不起眼的粗砂岩中
在高处的羊齿草下，在酸性石楠旁的高处

---

① 英格兰北部主要山脉和分水岭。

在天空与山丘的震动中
午夜的倾盆大雨降临
之字形的河流在炸裂声中暴涨

荒野之神的一粒种子
现在为我开了花
如此一朵凶猛的、黑暗的、活生生的百合花
在轮胎之间，在重创的车轴下。

树

一个来自不同国度的牧师
怒斥
石楠、黑色岩石和荡漾的水。

把云逐出教门
诅咒风
把沼泽地扔进外边的黑暗
用空无的颌骨
重击地平线

直到他气喘吁吁——

肺被抽空
那摇摇欲坠的时刻
只有他眼里的水在庇护他
他看见
天堂和大地在动。

于是言语离他而去。
心智离他而去。上帝离他而去。

躬身——
致残的一瞥
闪电的传导者——新任先知——

在风永不止歇的审讯下
承受炽烈光焰的灼伤
竭力想忏悔一切但却
流不出一个字

剥得只剩他的字根，十字形
扭曲走形
竭力想说出一切

通过肘的弯曲
通过指尖的抽搐。

最终
放弃了
缄默无声。

让发生在他身上的顺其自然。

赫普顿斯托尔的老教堂

一只巨大的鸟落脚在这里。

它的吟唱把人们从岩石里拉出来，
把活人从沼泽和石楠中引出来。

它的吟唱照亮了山谷
给绵长的沼地上了挽具

它的吟唱引来了一块太空的水晶
将之镶嵌进人们的头脑。

后来鸟死了。

它硕大的骨骸
变黑成一个谜。

人们头脑里的水晶
变黑摔成了碎片。

山谷化为乌有。
高沼地挣脱束缚。

维多普

在原本空无一物的地方
有人放置了一个受惊的湖。

在原本空无一物的地方
布满石头的山肩
扩张开来支撑它。

星辰间的风
漂游下来去嗅那战栗。

树，挽着手，闭上眼，
对世界表演。

有的石楠草爬得很近，心怀恐惧。

没有别的
除了海鸥飞过时

那织物上的裂口

源自虚无，回归虚无

艾米莉·勃朗特[①]

乌鸦山上的风是她的心肝宝贝。

她耳中他那狰狞、离奇的故事是她的秘密。

可他的吻是致命的。

穿越她黑暗的天堂

她挚爱的溪流流过

它咬过她的乳房。

那王国里邋遢又呆滞的国王

穿透墙，跟随着

躺在她的相思床上。

麻鹬在她子宫里踱步。

石头在她心脏下膨胀。

她的死就是荒野上一声婴儿的啼哭。

---

① 19 世纪英国作家与诗人，英国天才型女作家，代表作《呼啸山庄》。

选自《摩尔镇日志》（1989）

雨

雨。洪水。霜。而霜过后，是雨。

屋顶沉闷的敲打声。幽灵之雨冲过裸露紫韵的树林

就像光穿过荡漾的水。雨夹雪。

还有贫瘠的田野，树篱上简陋的帐篷。

超凡脱俗的朦胧烟雨。山丘翻滚着

忽隐忽现溶解成灰白色或银白色。农场若隐若现，

然后附近都是沉闷的敲打声。田野角落里

草丛里褐色的水退了又涨。

蟾蜍跳着穿过被雨捶打过的路。那儿每一片残损的树叶

看着都像青蛙，或被雨淋透的老鼠。牛群

在渐暗的背景下等候。我们把柱子推进柱洞。

柱子放入前，洞里已积了一半的水。

铁棒猛烈地把橡木柱头烧干时

泥水喷溅出来。母牛们

温顺地在敷满了泥像个橄榄球场的荒地上，

驻足观望，紧紧靠拢相互陪伴

雨没完没了，越来越冷。

它们闻闻铁丝，嗅嗅拖拉机，观望着。篱笆

是零乱的空隙。一些山楂。每头半吨重的母牛

每滑动一步都没及丛毛。

它们知道，它们是在毁坏田野。

它们从额头下斜着眼往外看

那是它们唯一的庇护所。淹没的灌木

是被摧毁的残骸，雨在它身上打着窟窿

直捣淹没在水里的根须。一只野鸡看起来漆黑一团

在他的防水服里，在茬地里弯着身子工作。

下午三点的昏暗

浸入湿透的灌木丛。没有什么保护它们。

狐狸的尸体横躺着，被打得露出骨头，

皮被打得脱落，脑子和肠子都露了出来。

除了它们的骨架，什么也没有在雨中存留下来，

泡得软软的。围着草料架，牛犊们

站立在闪闪发光的泥浆中。入口

是深深的淤泥障碍物。牛犊们抬眼看，透过抹上灰泥的开
　　口栓，

没有动。它们能去的地方

没有哪儿会舒服些。这满溢的世界

和倾泻的天空

是它们唯一的存在之地。田鹬尖啸而过，湿透了

去往湿透的树林。一只渡鸦，

用一个调调咒骂着，快速经过

消失在雨雾中。喜鹊们

绝望地抖动着，在滴答洒落的雨里跳步。痛苦。

幸存的绿色羊齿草和荆棘被放倒

就像个弃用的废品场。牛犊们

深深地闷在脊椎下等待。母牛们吼叫

而后将它们的鼻子伸进泥泞。
鹬路过,在暮色里没了踪影,
只有其嘎吱嘎吱的呼声。

1973 年 12 月 4 日

去牛角

坏脾气横行霸道的一群，有牛角的
在没角的当中。被惧怕，被纵容。
脾气暴躁，在草堆边，在集会时，在拥挤的围栏
手术中。对它们角尖的厉害一清二楚，
其他每一头牛也都心里有数。
像它们自己的温情。用角去顶肚子，角尖
茸毛丛生。灵巧的撬杆。不过
不会再有牛角了。
因此它们都在那儿的围栏里——
挑选那些横行霸道的，它们倒腾彼此
像粗壮的鱼在一只桶里，搅动着泥浆。
一个接一个，进入隔离区的笼子里：喷针
一声不像牛的咆哮——更像是一声虎啸，
一阵气浪顺着山洞，拖得很长很长
在痛苦中开始在恐惧里结束——接着又是一声。
角和眼之间的喷针，插得那么深
你的肠胃都在翻腾，因为看到眼球
在粉白色的固定组织里扭拧。从这边扭到那边。
这样，第一头被麻醉了，回到了隔离区。
嵌进鼻中隔的牛鼻钳，施展全部力道，

牛角立刻被撬动了，牛鼻钳

拉扯着下颏转动，嘴巴流着口水，眼睛

像一只在平底锅中转动的眼睛，

像一条囚禁在空中的鱼眼。接着是编好钢丝的

奶酪切刀，还有不锈钢制楔子柄，

对准有着茸毛底的牛角根，然后使尽全力

向后仰，用手肘抵住往后拔，

左一下右一下，左一下右一下，鲜血渗了出来

顺着颊骨往下流，钢丝紧咬住

嗡嗡直响，牛角灼烧发出氨气味的烟

牛发出呻吟，不成声的吼叫，

在坚固的笼子里甩动半吨重的身体。我们的脸

像牙医椅子上的脸一样扭曲着。牛角

从它的根部开始摇晃，钢丝

拖拽过茸毛最后的节，沉重的牛角取下来了，

而鲜血水枪般喷射出来

淋得握着它的人浑身都是——喷针

在锉成白色血淋淋的头盖骨坑上喷溅。接着是镊子

把动脉口捻合，把它打个结，

然后像乌贼喷墨一样用紫色消毒药盖住它。

另一侧也一样。我们

收拾起一堆牛角。隔离区的地上

是踩踏过的一摊猩红。头戴紫色冠冕的牛群，

那些横行霸道的，突然没了令人害怕的牛角，

开始冲撞和角力。也许它们的头

还处于麻醉状态。新的秩序

出现在无角的牛群中。专横而骄傲
挺直背的花斑牛，她像西班牙公牛一样小跑，
她摇着头打着响鼻前进，她疯狂的兴致，
一定会有母系家长做派。
她在武器上所丧失的，会在乳头上弥补回来。
但是它们都已丧失了三分之一的美。

1974 年 5 月 14 日

新伴侣的到来

风从冰冻的欧洲吹来。一场不怀好意的雪
冻得似火在灼烧。母羊身上结着脆硬的雪块，
刚出生热乎乎的羊羔们湿漉漉地哆嗦着
哭喊在满是脚印的地上，在篱笆之下——
低洼开阔地二十英里的地方
风吹进它们的潮湿。田野烟雾弥漫，翻腾着
像布满雪雾的旷野在燃烧。
羊羔们依偎着让自己感到舒服些
而母羊则轻轻地推着咬着它们
卷着雪的风令人发麻地吹着它裂开的屁股上
血迹斑斑的碎片。
旷野如同一片灰茫茫的大海。树林
像粗大的手指密集在一起，像陈旧的发白的墙。
古老的大海的咆哮，绵羊的喊叫，羊羔的哭号。
红翼歌鸫在不可见地编织。
树木间一种恐惧冒着烟，堵住篱笆。
披着沉重冰块的母羊起身，把忧虑踩在脚下
它们跟在张开腿个头高高的羊羔后面，
它们如三脚架般伸长脖子困惑地哭喊。
我们哄着母亲们跟上它们的孩子

而它们确实在尾随，偶尔

突然一阵深信不疑的不安让它们跑回

羊羔出生的地方，担心

一定是狡诈如狼的人们

诱骗她离开了它，紧接着又回来

对她已经习惯的咩咩叫声毫无防备

并且认出她自己的——

在人的手、脚、身着的衣物

一堆毫无意义的身影中

一个熟悉的细节——她的羔羊

在白色大地上被那些手搂抱着。接着再一次消失

高出地面。而后只听到一声空空的喊叫

伴着人们一起，她像被这叫喊声牵着

绕着圈跑。此时的风

把外太空按压进草丛

并警告藏在荆棘深处的鸫鹩

用繁星嘶嘶作响的碎片。

1975 年 2 月 16 日

拖拉机

拖拉机冻在那儿——

想想都无法忍受。整个夜晚

雪裹住了它敞开的内脏。此刻又是一阵刺骨的疾风，

四溢的融冰，云蒸雾绕的雪，

灌进它的钢铁部件。

在麻木的白色压迫中它站立

对着地面炽热的浇水管。

它藐视人类不愿启动。

手已仿佛满是伤痕

戴着防护手套，脚也难受得难以置信

似乎脚指甲刚刚被全部拔掉。

我满心仇恨地瞪着它。它的身后

小树林嘶嘶作响——在消散、衰退的光里

可悲地让步。椋鸟们，

更恶劣的雨夹雪，烟雾般吹过，无止无休，

朝向东面的种植园。

拖拉机一直都在沉陷

穿透地层，沉入

冰冻的地狱。

发动杆

发动时噼啪作响，像打响的指节。

电瓶还有电——但却像只羔羊

拼命想推动冻僵了的母亲——

此时座椅侵犯着我的臀骨，

带着大地太空般的冰冷啃咬着，

它也加入到那结实的一坨中。

我把广告里宣称的神火

倾倒进黑色的喉咙——它也就咳嗽了几下。

它讥笑我——我已踏入

一个铁制的愚蠢陷阱。我启动电瓶

好似我在一次次把封冻的装置

用锤子狠狠地捶成碎片

它叽叽喳喳嘲讽地把笑声、痛哭声

塞进幸福生活。

它站着

浑身发热剧烈抖动起来，好像要慢慢地变大

像个魔鬼在演示

比平常更加彻底的具象化——

突然，它在与其融为一体的水泥地上

猛地一冲，突然侧向一根柱子

迸发出超人的良好状态

不再大喊哪儿哪儿？

更糟的铁件在等着。电动千斤顶跪着，

杠杆唤醒了禁锢起来的重负，
钩环销固定在铁铸的牛粪里。
盲目的、震荡的、受指摘的铁件
服从于铁的残酷
齿轮从它们的夜锁里发出刺耳的声音——

手指
在铁家伙折磨人的
重量和燃烧中

眼睛
在满是氯仿的风中流泪

而拖拉机，汗流如注，
狂怒着，颤抖着，欣喜着。

1976 年 1 月 31 日

狍

浑浊的晨光，一年中最大的一场雪里
两只暗蓝色小狍站在路中央，小心警惕。

它们碰巧进入了我的领地
刚好是我到那儿的那一刻。

它们将两三年秘密的狍的身份
清晰地植入我异常的雪的银幕中

在全程的崩溃中犹豫不决
凝视着我。就这样持续了好几秒

我想到小狍可能是在等我
想起密码和暗号

那帷幕有一会儿已被吹开到一边
而在那树不再是树、路亦不再是路的地方

小狍是来找我的。

而后它们突然低头穿过围篱，挺起身撒开腿
越过雪白孤寂的原野往山下奔去

朝着黑暗的树林——终于
好似打着旋滑翔着飞走了

进入翻飞的大片雪花里。
雪带走了它们，很快也带走了它们留下的蹄印

修正它的黎明启示
回归平淡无奇。

1973 年 2 月 13 日

记一个盖茅屋顶的人

鸟骨头在屋顶上。七十八岁
还像一只梯子上的松鼠，
一次三四空，上爬四十级，
然后像螃蟹一样横穿过横梁，
鸡叫般的无礼玩笑，被释放
融入他的晚年，像位皇家弄臣
但是仍受旺盛精力的煎熬。盖茅屋顶
一定是个清白的差事。饱经风霜
如同风向标，脸光亮得像犁头，
钢索一样干瘦的前臂，拍打着
涌动的芦苇，皱缩龟裂，扣人心弦，
他瘦削如蜥蜴的手上爬满蜥蜴丝线，
手一刻不停，扭曲的身体一刻不停——
也会进来喝一杯茶，"逮着你们都睡着了！"
交换所有八卦新闻——冷嘲热讽的老妖怪
唠唠叨叨地开恶毒玩笑。也会出去——
绊倒摔个结实，然后直挺挺跳着回来，
"还没重到可以摔伤的程度！"
每次离开都兴致勃勃——"去喝一杯？"
"又是去见他幻想的女人吧！"——从空中探身，

被阳光烧灼的苍白眼睛，脱色的眼睛
像老旧的茅屋顶，在他脸上磨损的工具里，
在他憔悴的裤子和疲倦的衬衫里——
它们跟不上他的节奏。他就是不能
停止工作。"我不想要钱！"他想要
更多年月。"不得不卖掉房子来付我工钱！"
机敏被植入他鸟儿般的凝视，
他挂钩一样的鼻子，他喙钩一样的脸。
太阳让他疲乏，像制造白昼的
一个老旧的阳光工具，历经季节往复
一个旧的鞋舌，所有屋顶风的
永远年青的手掌。他猛敲屋顶
屋子都为之震动。是不是每个人
都曾经像他一般？他蠕动着
挤过自然选择的某个狭小的缝隙。
坚果树枝条耶尔姆河①般扭曲着融入了他的灵魂，
他没有折断。他经受了
硬屋顶一样的考验。他在梯子上舞蹈
他的血液像精灵般轻盈。他的肌肉
一定像动物的角一样干净。
而整个屋子
会更欢喜，因为他在上面，
为它做顶饰，刷洗着它，拍打着它
好过一只鹰在那儿栖息。坐着

---

① 英格兰德文郡的一条河。

喝着茶，他看起来像只邋遢的上了年纪的鹰，
而他嘲弄的尖笑声
就像只邋遢的上了年纪的鹰那样。

渡　鸦

当我们穿过大门去看几只新生的羊羔，

在平整草坪的天际线上

一只渡鸦从草场中央匆匆跃入空中

在刺眼的光亮中溜走了，鬼鬼祟祟地低飞。

羊在吃草，跪着慢慢地吃下不情愿被吃掉的草。

羊瞪着眼，下巴停下来思考，然后又继续咀嚼，

然后再停下。在那儿有只新生羊羔

刚刚站起来，碰着它母亲的鼻子

母亲则把它身上的糖衣一点点吃掉

当她破烂不堪的胜利旗帜从她屁股后晃动滴落。

她打了个喷嚏，一股水从她屁股后飙出。

她接二连三地打喷嚏，直到排空。

她继续研究她的新礼物，想要看看它是如何运作的。

在这儿是某个别的东西。然而你还是

对那新生命有兴趣，以及它声音的活力，

还有它的微弱。

此刻在这儿，刚刚渡鸦还在，

是你接下来会感兴趣的。死胎，

扭曲得像条围巾，一两个小时前生出的羊羔，

它的内脏，各种胶凝物、血红色和透明物

还有筋络和组织被扯出

成一条条直线，像拉帐篷的绳子

从它上腹部打开如一只羔羊毛拖鞋，

银白色肋骨和腔体的精细解剖展示着，

透过眼窝整个头颅也被掏空，

毛茸茸的腿脚还裹着羊水，而很难说

在这田野上安静吃草的所有绵羊中

哪一只是它母亲。我解释说

它是在出生的时候死的。我们应该早点到这儿，来救救它。

所以它是在出生的时候死的。"它哭叫过吗?"你哭着问。

我抓住如狗掌般软的蹄子，拾起晃动着的滑腻腻的重量

那蹄子仅仅踩过子宫里的羊水

而它被渡鸦扯出来的筋腱晃荡着拖着，

它松弛的头摇摆着，"它哭叫过吗?"你再一次哭着问。

它只有两个脚趾的脚在皮肤下，在我的手指按压下

张开成八字形。而另外一只，

刚出生，全身黑，张开它的三脚架，一寸一寸地挪移

朝着它的母亲，不断测试

它在嘴里发现的音符。然而此刻的你

眼里只有那只被当成一堆破烂扔在一边的羊羔。

"它哭叫过吗?"你一直在问，带着三岁孩童

动人的固执。"哦，是的，"我说，"它哭叫过。"

其实这一只是幸运的，至少

它尝试过进入温暖的风

而它的生辰忌日是温暖的蓝天

喜鹊们只顾着家庭乐子变得安静

云雀们没有担心任何事

黑刺李自信十足地发芽

而群山上的天际线，经过上百万年的艰苦岁月，

正安稳地席地而坐。

1974 年 4 月 15 日

二月十七日

一只羊羔无法生下来。冰冻的风
从日出时分抹布般的倾盆大雨里吹出。母亲
躺在泥泞山坡上。不堪折磨，她站起身
微黑的一团摆动在她屁股上的
尾巴下面。经过几次猛烈飞奔，
几次巧妙的挪移，多次往后甩动
羊羔肿起的头露了出来，
我用绳套住她。让她躺下，头朝山上
并仔细诊察羊羔。一个肿起的血球
绷在它黑色的毛皮下，它的嘴裂开
已被压得扭曲，舌头伸出来，黑紫色，
被它母亲勒死了。我探手进去，
经过母亲肉体的套索，进入
滑腻腻的肌肉隧道，用手指去摸索蹄子，
就在盆骨入口处的后面。
但是没有蹄子。他过早地把头伸出去
他的脚来不及跟上。他本应该
试探他的路，踮起脚尖，他的脚趾
蜷在鼻子下面
为一次安全着陆。于是我跪着

和她的呻吟角力。手根本无法

挤过羊羔的脖子进入她身体深处

去钩住一个膝头。我用绳子捆住羊羔的头

用力硬拉直到她大喊出声

想要站起来，我明白那样徒劳无益。

我走了两英里去拿针药和剃刀。

把羊羔喉咙处的筋腱切开，用一把小刀

撬在脊骨之间把头取下来

它瞪着它的母亲，它的喉管放在泥里

整个地球是它的身体。然后

把脖子根直接推进去，而在我用力推的时候

她也用力挤。她哭喊着推挤，我喘着气推压。

分娩挤压的力量和我拇指推压的力量

在那摇摇晃晃的椎骨上相持不下，

来回往复的无用功。一直到我强行

把一只手挤过去抓到一个膝头。马上

就像用一根手指钩住一个环

把我自己拉到天花板上一样，我的努力

配合着她分娩挤压的呻吟寻找着时机，我拉扯着

那具不肯就范的尸体。一直到它出来为止。

而紧随它的还有长长的、突如其来的

蛋黄色的生命的包裹

在冒着热气滑动的油、汤水和稠浆液里——

生下来的身体躺着，就在砍断的头颅旁边。

1974 年 2 月 17 日

彩虹的诞生

这个早晨，三月的天空一片湛蓝如洗

但弥漫着狂风暴雨的气息，一夜之间

世界如同一幅湿淋淋的新画。风

从南方大雪纷飞的荒野吹来，剃刀一般

有着粗重的刀刃能把头割下，从雪尘弥漫的山脊上来。

积水的车辙在颤抖。蹄子的水坑在闪晃。一朵

裹着泥的雏菊把它的头从淤泥里挣脱出来。

那头黑白相间的奶牛，在圆形山脊最高的顶上，

站在一道彩虹的尽头。

她低头舔着什么，整个立在令人刺痛的风里

对从雾中喷薄而出的彩虹视而不见。

她正在舔她笨拙的黑色牛犊

他刚从子宫出来浑身湿漉漉的瘫倒在地，眨巴着眼睛

在低低的清晨耀眼而清澈的阳光里。

漆黑、潮湿，如一条从河里出来的科利犬，她舔着他，

判断他的气味，记住他的特征。

一面血淋淋的组织的旗帜悬挂在她屁股上

伸展着闪耀着，原始的粉红肉色，在无情的风中

摆动着，卷曲着。她调整好自己的位置，惶惶不安

当我们靠近的时候，紧张的小碎步

踏在蹄子刨过、草皮掩盖、破败的田野上。

她发出低沉不安的声响，小牛犊也一样

他瞪着眼白，发出完整清晰的哞哞声

像木管乐器一样纯净，他试图站起身，

试图让他前伸的腿

发挥作用，抬起他的肩，撑起他的膝盖，

然后支起他的屁股，趔趄着向前

靠着膝盖和扭着的脚踝，在淤泥里打滑

醉了一般瘫倒在地。她继续舔他。

她开始吃那面薄薄的胞衣旗帜

它像在她身后张开的大三角帆。我们听任她去。

在他湿漉漉吊着血沾着泥的脐带上

涂抹抗菌药，听任她

去勘测新的气味。整个西南部

漆黑如夜幕降临。

蔓延的狂风浓雾笼罩荒野，朝着我们

倾斜和变白，然后世界朦胧起来

并在四十五级的冰雹和震动大门的强风里

消失不见。我们得找地方掩护。

把牛犊和他母亲留给上帝。

1974 年 3 月 19 日

经过萨默塞特①

我朝车头灯光里疾速瞥了一眼——

开车穿越英格兰的高亮时刻———一只被杀的獾

无力的四肢摊开着。又一次

在车道尽头腾移，再回到车道，

出于礼节等到车头灯后再死去，

在一只被杀死的獾的黑暗世界里

一条温热的后腿被拎起来。八月的尘土炙热。

多漂亮啊，多漂亮啊，还温暖，这神秘的野兽。

乘客般安置好他后，血打鼻子里流出。

让他走近我的生活。如今他躺在一根梁上

是从一幢人楼上拆下来的。这根梁等了两年

为的是建成新房子。夏装

不值得从他身上剥下皮毛。他的骨架——以备将来之用。

獠牙，气派地封存。苍蝇，似击鼓一般，

作为运送他的装饰。热浪时刻引领着他

进入更深的地下世界。苍蝇和日光浴

令人沮丧的一天。扔掉那只獾吧。

一整晚，收缩的河流，发光的牧场，

———————————

① 英格兰西南部的一个郡。

海鳟鱼在涓涓细流里推挤。接着又是太阳
像一只抠出的眼睛一样醒来。好奇怪啊
他待在曙光里的样子——好安静啊
这黑色的熊爪，这冰尖一般防护的长鬃毛！
今天就把那只獾扔掉。
还有那些苍蝇。它们
更热情，招来它们的朋友。我不想
把他埋了，太浪费。也不想剥下他的皮（太迟了）。
也不想砍下他的头来煮
只为解放他杰作般的颅骨。我希望
他就这样保持下去。乌黑发亮的喉咙，
他完美的脸。爪子太疲惫了，
强壮的身体松弛了。我希望他
令时光停止。他的力量留存，膨胀，
阻断时间。他的狂傲，他鬃毛倒竖的野性，
他动人心弦、上了妆的脸。
我生命重要时刻中的一只獾。
不是几年前，像其他的，而是此时此刻。
我伫立
凝视纹丝不动的他，像一颗铁钉
被齐头敲进头骨，
敲进紫杉木桩。有些东西一定会留下。

1975 年 8 月 8 日

他死的那天

是年初最柔亮的一天，
正值真正的春天探头勘察，
太阳刚刚有了自信。

那就是昨天。昨夜，有霜。
冷酷得像整个冬天的任何日夜。
火星、土星和月亮悬垂成一簇
在冷酷、杂乱的天空。
今天是情人节。

大地焦脆。雪花莲摧折。
画眉语无伦次。鸽子战战兢兢
把它们的声音揉在一起，在刺痛的寒冷中。
乌鸦叽叽嘎嘎叫，笨口拙舌
散漫地变声换嗓。

田野明晃晃的让人目眩。
它们的表情变了。
它们去过某个可怕的地方
没带他一起回来。

深信的家畜，背上披着冰霜，
等候草料，等候温暖，
在陌生的空虚中站立。

从今往后没有了他
农田不得不自生自灭。
不过它在踯躅，在这缓慢领悟的光里，
孩子似的，一丝不挂，在孱弱的阳光里，
被砍了根
在它记忆里有一大片空白。

一段回忆

你瘦骨嶙峋、白色、弓着的背，穿一件背心，
强壮如一匹马，
俯身于一只仰面朝天的绵羊
顶着东面寒冷的穿堂气流剪羊毛
在暗如洞穴的畜棚里，冒着汗受着冻——
火焰般通红的脸，喉咙里鼓声般的非洲诅咒
当你把绵羊捆绑起来
就像在捆一个超大超重、到处撒落的干草堆
不断调整它的位置

衔在嘴边的香烟，在光亮处折弯
保全着它灰烬的骄傲
通过一阵突然的粗鲁、突然的温柔
你制服着这只动物

你就像一个矿工，一个美容师
在一个到处是障碍的黑洞里
对你自己的外在毫不在意
用尽全力一点点推进纯粹的时间，
谢了顶，皱纹隆起，饱经风霜的圆顶

躬身在你香烟的惬意上

直到你咕哝一声站直腰
让一只剃了毛的绵羊自由地跳走

然后掐灭唇边烟头上的花蕾
戴着大手套，带着油光闪闪的细心
在唇边点燃另一支

选自《大地麻木》（ 1979 ）

大地麻木

破晓——冰霜弥漫如闷燃的烟雾。

天边如炽红滚烫的铁块。

水仙一动不动——有些枯萎了。

鸟儿们——沸腾在大地边缘。

悬铃木花蕾尚未绽放——树叶皱成一团，呈紫色。

野鸡的炫耀性啼鸣。朱庇特①轻柔地竖起羽毛。

捕猎鲑鱼。也一再

被坟墓里的幽灵纠缠追捕

在死亡元素平缓的重压下

在黑色的河谷里。

诱惑是种祈祷。我的寻找——

像磨蹭的太阳。

祈祷，像一朵花儿开放。

一位外科医生

---

① 罗马神话中统领神域和凡间的众神之王，对应希腊神话中的宙斯神。原文
　为 Jupiter，也有"木星"之意。

在打开的心脏上手术，用细针——

砰的一声！河流猛地抓住我

一个口子一晃，触电般的恶意
像陷阱，要从我这儿把生命夺走——
而这河流突然绷紧，
黑洞怦怦直跳，整条河拖拽着
我抓到一条。

累积的电压嗡嗡作响，让我绷得僵住了——
某种可怕的东西恐吓着
在我体内来回闪烁涌动
从河流直达天际，从天际流入河流

把黑暗的岩床连根拔起，在空中把它粉碎，
翻着筋斗穿过我，碎片砰砰穿透我
似乎我就是这水流——

直到恐惧顺着线一直往下蔓延

一个幽灵有了实像，一个徘徊者，
像条绿油油的蜥蜴滑动，旗帜沉重——

然后是不停摆动、鹅卵石般的头
企图在浅滩上思考——

然后是刚硬的紫色幽灵

来自水的锻造厂

窒息在虚无里

当怀疑的眼睛

定格在白屈菜和云朵的死亡展览上。

一辆摩托车

战争期间，我们有辆摩托车
在外屋里——轰响，溃逃，故障
锈迹斑斑，很少冲洗，窘迫，陈旧
在别处历经布伦机枪、炸弹和火箭筒。

战争结束了，爆炸停止了。
男人们交出了他们的武器
疲惫无力地夯拉着。
和平让他们成了囚犯。
他们被赶回各自的家乡。
可怕的穷困煎熬开始了
在大街上吃苦谋生
在度假胜地还有舞厅里。

早班公车跟劳工卡车一样糟糕，
工头，老板，与 S. S.① 一样坏。
还有街道的尽头和道路的拐角
还有商店的浅薄和啤酒的寡淡

---

① S. S.，Schutzstaffel 的缩写，指纳粹党卫军。

以及一个个千篇一律的城镇
跟带电的带刺铁丝网一样糟
战争回缩进他们的睾丸里，隐隐作痛
英格兰变得像狗爪印一般大小。

于是来了一位气定神闲的年轻男人
他用十二镑买下我们的摩托车。
他发动了它，费了很大劲。
他把它踹活了——它迸发了
从六年的沉睡中醒来，他喜出望外。

一周后，骑着它，破晓前，
一个雾蒙蒙结着霜的清晨，
他逃走了

撞在一根电报杆上
在斯温顿西边一条笔直的路上。

聋哑学校

耳聋的孩子们猴子般灵巧，鱼一样机敏警醒。

他们的脸机警又单纯

好似小动物的脸，像手电照亮的夜狐猴。

他们缺失一个维度，

他们缺失声音微妙的震颤，和对声音的感应。

整个身躯脱离于

空气振动之外，他们通过眼睛生活，

那清澈单纯的眼神，那瞬间的全神贯注。

他们的自我没有织入声音

而被织进了一张脸

倾听它自己，它自己的公众和听众，

一个伪装的幽灵，一个可疑的论断——

他们的自我被掩藏，而他们的脸从躲藏地往外看

他们用来说话的是一种机器，

熟练地运用手指，手势的控制台

在那遥远的异空间

与他们分隔开——

他们未经世事的脸是单纯专注的透镜

是单纯、热切、专注的水潭

他们的身体像他们的手

手比身体灵活，像钢琴的音槌，

一种玩偶般的敏捷，一种简单机械的动作

一种象形文字的空白

一种程式化的书写

拼写出近似的讯号

此时从单纯又不露声色的脸后面，自我看透了

一张不单是耳聋的脸，一张黑暗中的脸，一张未觉察的脸

一张仅仅是前面的皮，把自我掩藏、割裂的脸。

生命在努力成为生命

死亡也在努力成为生命。

死亡在精液里，就像那个传说中的水手

和他吓人的故事。

死亡在毯子里咪咪叫——它是只小猫吗？

它和洋娃娃玩儿却找不到乐趣。

它瞪眼看窗户里的光却捉摸不透。

它穿着婴儿的衣物不慌不忙。

它学说话，观察别人的嘴。

它大笑、高喊又无动于衷地聆听自己。

它瞪眼看人的脸庞

看到他们的皮肤像一个怪异的月亮，瞪眼看草

就在昨天的同一个位置。

瞪眼看它的手指，听到有人说："快看那小孩！"

死亡是个调了包的孩子

被雏菊花环和礼拜日钟声折磨

它被四处拖来拖去，就像一个破烂的洋娃娃

被小女孩们拖拽着在女修道院和葬礼上玩耍。

死亡只是想成为生命。它却不能做到。

哭泣着，它哭泣着要成为生命
但它却记不得自己的母亲。

死亡，死亡，死亡，它轻声低语
闭上眼睛，尝试感受生命

像喜悦的呼喊
像闪电的光芒
它清空孤独的橡树。

那才是死亡
在爱尔兰驼鹿的鹿角里。死亡
在穴居妻子的骨针里。然而它仍然不是死亡——

或是在鲨鱼的尖牙里，那是一个纪念碑
哀悼
生命的海角。

阴影的言语

不是你的眼睛，而是它们所掩饰的

不是你的肌肤，有着恰到好处的质感和光泽
而是那用它来作装饰的东西

不是你的鼻子——美还是不美
而是它所能探察到的

不是你的嘴，不是你的唇，不是它们的调整适应
而是这消化道的创造者

不是你的双乳
因为它们让人分心引发迁延

不是你的性器，你奉送的回报
本是一朵花的天性
严格而言是不可靠的

不是你的声音、你的自若、你的步调织成的网
你用数不清的微信号制成的迷药

而是意图。

是太阳里神秘的石头。

是猎鹰
瞪圆的眼，在羽冠后面

已然驯服
顺从它自己难解的神秘

还有人们手指的抚摩。

七首地牢之歌（选）

I

死后，她变成太空土
裂成碎片。
植物看护她的死亡，发掘她的善良。

然而谋杀她的凶手，痴狂而天真
吮吸着她的后代子女，不顾一切的血性，
在烈火中奉之为神明，喃喃而语
当上帝是件好事。

他用熟悉的手
指控很多罪过，
他还借来嘴，留下各种名声
他自己却不过是

老虎的一声叹息，狼的一首乐曲
孤独路上的一支歌

那其实是

从泥土里长出，从太空中陨落
透过一张脸凝视。

II

脸是必要的——我找到了脸。
手——我找到了手。

我找到了肩膀，我找到了腿
我找到了所有的肢块和碎片。

我们曾经是我，安静地躺着。
我让我们成为一体，我们安静地躺着。

我们只是躺着。
阳光备好了一块宽敞的地方

我们就躺在那儿。
空气照顾我们。

我们复原了。
而蛆虫却变黑成卵，血液温暖了石头。

只是还有什么东西
瞪眼看我并惊声尖叫

站在我上面，黑色透过太阳，
哀悼我，却不愿帮我站起身。

Ⅲ

大地把光锁在外面，
挡住光，就像一扇上锁的门。
不过门缝里的一道光
在天地之间，就足够了。
他把它叫作，地球的光环。

他的手指蜥蜴般张开
伸出去抓它。

他把它叫作，泄漏的空气
渗入这窒息的大地。

他胸廓上的鳃
狼吞虎咽想吞下更多。

他的唇紧贴着它的清凉
就像眼睛贴着门缝。

他躺着像已经死去

品尝着

风中摇曳的光之树

哭出的泪水。

IV

我漫步

随着腿脚的活动放松开来

乱成一团的球

它曾是我身体有序的循环

子宫里的某个黑夜

我所有的血管和毛细血管

被某种邪恶的意志取走

捆扎成一个大大的球，又塞回我体内

现在我匆忙来去

我努力把一个未加处理的断头

固定在某个平稳的地方，接着退后

寻找手指灵巧的人

他或许能把我解开

那可怕的球恰巧来了

人们的手指把它弄得更乱

我猛地甩动自己

想扯出那个结

或者绷断它

但做不到

于是晃来晃去
跳着不存在的舞蹈

V

如果嘴能张开它的峭壁
如果耳朵能从这地层里露出
如果眼睛能劈开岩石往外张望

如果层峦叠嶂的手
能够得到恰当的交易
如果化石的脚能够抬起

如果湖水和天气的头
如果地平线的躯体
如果整个躯体和摇摆不定的头

如果草的皮肤能够接收讯息
并做好它的工作

如果尘土胎儿的脊梁
能够展开

如果外面的人影在跟随我的举动

让空气起作用的言语

也许可能言说我

老虎的赞美诗

老虎因饥饿而杀戮。机关枪

横穿卫城不停地喋喋不休。

老虎

用失去知觉的手，老练地杀戮。

机关枪

在天堂里继续争吵

那儿的人群没有耳朵，也没有鲜血。

老虎

仔细查看地图后，有节制地杀戮。

机关枪摇头晃脑，

它们继续喋喋不休地谈论统计数据。

老虎以霹雳杀戮：

她自我救赎的上帝。

机关枪

公开宣扬独裁，依据莫尔斯电码，

用轰隆声和弹坑作密码，它让人们眉头紧蹙。

老虎

面带美丽的色彩杀戮，

像一朵绘在旗帜上的花朵。

机关枪

不感兴趣。

它们大笑。它们不感兴趣。它们谈话

舌头燃烧成灵魂的蓝色，围绕着骨灰的光环，

戳穿幻觉。

老虎

杀戮，并细致地舔遍猎物全身。

机关枪

留下血痂悬挂在钉子上

在堆积废铁的果园里。

老虎

杀戮

用五只老虎的力量，兴奋地杀戮。

机关枪

允许自己窃笑。它们用一种反复的辩证法

清除错误

证明观点后即刻闭嘴。

老虎

杀戮，像悬崖上的瀑布与大地的一根筋，

眼皮下的喜马拉雅，皮毛下的恒河——

不杀。

不杀。老虎用獠牙祝福。

老虎不杀生，而是开辟一条路

既无关乎生命也无关乎死亡：

老虎中的老虎：

大地之虎。

噢！老虎！

噢！毒蛇的姊妹！

噢！盛开的野兽！

散　记

在 M5 餐厅

我们憔悴的外套在前台碰头

轮胎面孔的馅饼
石膏肌肤的霓虹
难以捉摸的小眼睛
端着有两个小圆面包的盘子

象征性的食物
被象征性的脸吃下
象征性的进食动作

路在墙里隆隆地响，在脑袋里隆隆地响

路不通向任何地方又通向任何地方

显然我的自由
是把我的生命
喂进了化油器

汽油已烧尽一切
仅剩一个还在搏动的圆柱
由一氧化碳和铅构成。

我企图用虚幻的咖啡
和黏稠的准馅饼
做一个更坚固的化身。

那颗星

那颗星
会把你的手炸飞

那颗星
会把你的脑子和神经搅乱

那颗星
会把你的皮磨掉

那颗星
会让所有人发黄发臭

那颗星
会把一切都烤死冒烟只剩下蓝图

那颗星

会让大地熔化

那颗星……如此等等。

它们包围了我们。远及无限。

它们是黑夜的军队。

逃无可逃。

它们没一个是好的、友善的或收买得了的。

仅剩一个机会：*继续挖那个洞*

继续拼命地挖那个洞

诗　人

充满视野，泰然自若，翅膀

兴奋地举起，茫茫一片

幻影的舰队

等候一阵烟。

抑或它们出现，歌唱的鸟儿——

都是求偶的鸣叫

虚张声势的较量

以及倒竖的羽毛。

抑或消失

遁入草叶里的原子———一次闪光
世界湮灭
化作睁大的眼，淳朴的光飞逝

当第一个字从燧石里肿胀而出。

大赋格^①

在它的洞穴里醒来
在极昏暗的光线下

骤然闪烁在太阳的边缘，又暗下去
圆盘的这一边
此刻从闪光中缓缓显现

出现在天际线下
在海洋下，在流动的麦浪下
蛇行于罂粟花间

轻轻抵达，挤压幽灵的屋顶
老屋基嘎吱作响
耳朵爆裂如同枯枝

眼睛沉重而渴求的重量

---

① 贝多芬创作的著名钢琴乐谱。

落在你的颈背上
不与世界调和

宏大渐渐进入发根，穿过血脉
血液紧绷的潜行
脊骨暗道里的气息

食人兽
张开嘴，而后音乐
把爪子
挖进你头颅，一个单音
从后腰把你抬起，轻飘飘
跃入太空，让你的肢体悬荡

于凌乱的繁星间悠闲地吞食你
将你消化成它可怕的欢愉
这是天堂之虎

把人从衣装里扯出

横穿八音度留下它黑色的踪迹

孩子们

尚不熟悉血性
他们炽热的劲头胜过

剑齿虎

从不怀疑他们征服的权利。

他们的嗓门，闪乱的树叶下

一支侵略军

一门外语

于闲散和强力中喧响。

地狱烈焰里的人影

超越善恶的欢愉

弄坏他们的玩具。

很快他们会在袭击的地方睡着。

会在身后留下

一个像被舔过头骨的男人

一个墓碑一样的女人，他们的玩物。

普洛斯彼罗和西考拉克斯[①]

她心里有数，像奥菲莉亚[②]，

使命已经把他吞噬。

---

① 普洛斯彼罗，莎士比亚《暴风雨》中的人物，米兰公爵，能用魔法唤起风
  暴。西考拉克斯，《暴风雨》中的恶毒女巫，领导着岛上的原住民，后被
  普洛斯彼罗取代。
② 《哈姆雷特》中的女主，最终精神错乱，落水死亡。

她心里有数，像乔治的龙[①]，
她的尖叫声让他的头盔紧闭。

她心里有数，像伊俄卡斯忒[②]，
结束了。
他[③]甘愿
失明。

她心里有数，像考狄利娅[④]，
此刻他已不是他自己，
通过他说出的话一定不能全信——
即便这会是他俩的结局。

她心里有数，像上帝，
他找到了
更易于相处的
某种东西——

他的死，还有她的死。

---

① 欧洲传说，讲述圣乔治救少女屠龙的故事。
② 希腊神话中忒拜国王拉伊俄斯之妻，俄狄浦斯之母，不知情的情况下与儿子结婚并生育子女。
③ 应指俄狄浦斯，在得知自己弑父娶母后，刺瞎了自己的眼睛。
④ 《李尔王》中李尔王的三女儿。

灯 塔

石 头

还没有被凿开。
细细思量
它太过沉重。它的棱角
如此超乎真实，
站在这个距离，
它们在不真实的、仅仅是思想的东西上
切割出真实的伤口。于是我远离它。
它在某个地方。
很快会到来。
我不会背负它。拥有可怕的生命力
它会把它的脸转移，以坚定的力量，
遮盖我的脸，无论我看向何处，
而非她的脸。
将来在它的眉间还会出现
她的名字。
在某个地方它会终结
它成千上百万年的生命——
那已让她精疲力竭。

一个新的开端即将来临
那是她成千上百万年的生命
要把它消磨殆尽。

因为她现在决然不动
直到它被消磨殆尽。
她现在绝不会动
直到一切被消磨殆尽。

电视关了

他听到轻柔的树和最后的树叶在拍打玻璃——

凝视着火焰，透过岁月的格栅
像条刚死不久的鱼，脸上布满真菌，
嘴冲着上游。

对那些再没有人受的罪心生悔恨
对那些他连两便士都不愿花的回忆心生眷恋
对那些失败时他并不会失去的东西心生寄望

夜以继日，日以继夜地躺着
头发金黄，而他身旁的朋友
正在料理他额头上的一个小洞
已化脓发黑。

一个神

痛苦像小丑的帽子，被拉下来挡住他的眼。
他们把痛苦的电极按进颅顶骨。

他像羔羊一样无助
生不出来
头垂在母亲的后阴下。
痛苦刺穿了他的手掌，在"M"的分叉处
用铁做成，源自地核。
因为痛苦他耷拉着，
似乎是在称重。
灵巧的手指对他起的作用
就跟小公牛的蹄子，在废料箱里，
对挂在镀锌的钩子上
割断的头起的作用一样。

痛苦被钩进他的脚。
也因为那痛苦，他耷拉着
像在展览。
他的忍耐只对他有意义
就像悬挂的半吊子猪

颠倒的血红色的咧嘴笑。

在那儿，耷拉着，
他忍受着肋骨下的痛苦
因为他再也无法逃避
就像野禽贩子挂着的野兔，
躲在越凹越深的眼窝后面，
无法逃避
已经取代它肚腹的东西。

他无法理解发生了什么。

也无法理解他已变成了什么。

未辑诗

回忆德黑兰①

*

它是如何

挂在喜马拉雅

电动织布机上——我记得

一朵玫瑰的幽灵。

军营上空的旗帜整天向南飘扬。

沙阿②的伊文汽车旅馆里

女经理———一个雷暴云般的阿托莎③——

在床上哭泣

或惊惧不已。波斯的悲剧

震动她的乳房——危险的水气球——

然而仍旧没起什么作用。

―――――――――――

① 伊朗首都，也是伊朗最大的城市。
② 伊朗国王旧时的称号。
③ 古波斯帝国的一名皇后，因为患乳腺癌，自我封闭，脾气暴躁，后被一个
希腊奴隶说服切除了肿瘤，有了疗效，王后为了感恩，说服大流士一世西
征希腊，希波战争爆发。

一切皆取决于祈祷，在飘浮的尘埃中。

随着钥匙的哗啦声

她猛地穿透锁孔，让我的房间，弥漫着硫黄味，

塞满水管工——

十二岁的年纪，跪着去摸索

一个没有水管的水龙头嵌入一堵空白的砌块墙。

*

我记得满是大卵石的干枯河流边

一个有趣的瞬间。挤作一团的几家人

把桑椹堆放进大碗里，在无精打采、灰尘覆盖的树下。

所有大个子男人，穿着白色衬衫，

朝我涌过来，悬垂着手——

我能觉察到他们头脑里闪着的坏念头

于是我在一片蓟丛中挑选退路

在掉入即死的水井之间——敞开的人工通道

像蛇洞一样焦干——

后来，三辆模样呆板的梅赛德斯，

被手臂和脸切分开，经过我身旁

小心翼翼地穿过一片颠簸不平的滑石的海洋，

它们车牌上的安色尔字体①像蝎子的碎片。

*

我把整个波斯
想象为一个神圣卷轴，卑微地成为粉末
上面留着上帝指引的手迹——
琐罗亚斯德②留下闪电般的衬线字体③——
最早的草书。

*

山羊，穿着焦黑的破布，
眼睛和脑袋
适应了日射病，唤醒我
当我沐浴在月光中的时候。
当其中一只缓缓直起腰变成牧羊人
我明白自己身处一个错误的世纪
穿戴也不对。

一切围着我站立
紧张、反常的蓟，沙漠里的狂热分子；
政客们，穿着锌蓝色战斗服；

————————

① 一种为了便于书写，介于大写体和小写体之间的过渡手写体，经过了数个
世纪的演变。
② 伊朗先知，琐罗亚斯德教（袄教）创始人。
③ 西方国家两类字母体系之一，在字的笔画开始、结束的地方有额外的装
饰。

三维的透明定理

为的是以最优方式刺透指定的空气；

实用主义思想的武器库——

我回到汽车旅馆的露台，慵懒地坐在那儿

观望着半英里开外的军官们，训练他们被淘汰的军马。

泛白的太阳，钻蓝色内核，

和群山的磁场互动游戏。

史前的巨型蚂蚁，前导侍从们，拖着长长的影子，

镶铸着防辐射的金属，

飞驰过大地，轻盈且不受阻挠，

猛攻我的咖啡碟，啜饮其上的斑污——

夕阳西下时

军旗稍事休息了几分钟

紧接着开始朝北方飘扬。

*

我发现一条水的生命线

在一根水管上摇曳。蛇信般闪烁。

身份不明的低语。

它一定是从高高的积雪之母，在半空中，

不知怎的，泄漏了才偷偷流出。

它扭动这最后的几英寸

安抚桃树枝火绒般阴影下的百花香花园，
在那儿嬉戏，一条发出轻柔噼啪声的导火线——

这时整个城市
陷入一个地下熔炉
沉闷的鼓声中。

而在它的上方
沙漠的沙尘暴，汽油的雾霾，半导体的骚动
让粉紫色的雷电变得更加密集。

几千年的声音的花粉
喃喃低语，有辐射性，正摩擦至爆发点——

*

才智穿过偏头痛焕发
伊斯兰艺术的世界权威
抿了一勺酸奶
用微笑回应着我们的微笑，讲述了他
在一群自断头颅还继续提头跳舞的舞者中跳舞的故事
（不过只有上帝，他说道，才能创造一种语言）。

新闻记者们用无声的托盘
献上割掉的鼻子、切下的耳朵和嘴唇——

*

受到责罚，我听着。随后为肚皮舞者

(她不愿在我的桌上跳舞，

不愿隔着她的面纱亲吻我，

只透过她的战士鼓手

恶魔面具的嘴

和我说话)

我编了一束花———一篇热带的、光辉的

公众宣传文章，用阿特①的风格，

并看到我自己

被鼓手翻译成

她摇曳的流影，那些上帝复杂难懂的文句，

那多刺的喷泉。

————————————

① 波斯诗人及神秘家，其代表作《百鸟会议》是一篇苏菲派的寓言式调查。

遗　骸

遗骸是一匹狂热的小马。

月一般白，星星一般迷醉。

全是颅骨和骨架。

她的蹄在猛蹬。沉睡者随一声叫喊醒过来。

是谁驯服了她?

是谁骑上她归来①

或饲养了她?

她在他们身下起身，牛鞭弯曲的顶饰。

一个接一个，英雄们出发——

阴沉地骑乘

他们头发飞扬。

她笑了，嗅到战场的气息——他们的呐喊传来。

谁能过她的生活?

————————

① "归来"，与下文的"传来""回来"原文均为 come back。

任何控制她、扭转她的努力都像朽烂的缰绳
从她身上掉落。

他们破碎的脸又回来了，还有行囊和钟表。

这就是这世界发育不良的小马驹——
她踢着婴儿床
踢成碎片后离开了。

不要接电话

那尊塑料佛发出空手道刺耳的尖叫声

先于长着孢子的轻声细语
那墓碑上装饰的气息

死亡发明了电话，它看起来像死亡的祭坛
不要把电话奉若神明
它会用五花八门的诡计，佯装形形色色的声音
把它的膜拜者拖进真正的坟墓

你听到电话虔诚的恸哭时，要坐得像个无神论者
不要以为你的房子是个藏身之地，那可是电话啊
不要以为你在走自己的路，你是在顺着电话走
不要以为你睡在上帝的手中，你是睡在话筒里
不要以为你的未来属于你，它在听候电话差遣
不要以为你的思想你做主，它们是电话的玩物
不要以为这些日子就是生活，它们是电话的祭司
是电话的秘密警察

噢，电话！滚出我的房子

你是个糟糕的神明

滚去别的枕边窃窃私语

别在我的房子里抬起你的蛇头

不要再咬漂亮的人儿

你个塑料蟹

缘何你的神谕总是同一种结局?

你从墓地拿了多少回扣?

你的沉默同样糟糕

需要你的时候，却带着疯狂预言家的恶意一声不吭

繁星在你的呼吸里低声细语

世界的空虚在你的话筒里

你的电话线蠢笨晃荡进深渊

塑料的你因而是块石头，一个破损的信箱

你不能说出

谎言或真相，只有邪恶的人

会让你颤抖，因为突然想要让某人心神不安

越来越暗的电波信号

接到死亡漂洗水晶的地方

你趾高气扬，你拘挛打滚

你张开佛嘴

在房子的地基上尖叫

不要拿起电话的引爆器

昨日残留的烈焰，会从电话里突然喷出
一具尸体会从电话里掉落

不要接电话

疯狂的头

当问题降临于它
毛发都害怕。里面的话语都害怕。

它们回避，如一件外套，
冷酷，不忠，不属于你。

双手也一样，双脚，还有全身的血液
直到什么都不剩。什么都没留下

除了你瞪眼所能传达的。
也许你甚至会呕吐，像呕出大量的毒药。

接着就是
你头颅剧烈的饥饿感

取代你。它站在你站过的地方
喊叫，用你听不到的声音，

为你无法承受的东西。

峭壁上的普罗米修斯①（选）

2

峭壁上的普罗米修斯

放松了
因为事实已经发生了。

蓝色的楔子穿透他的胸骨，插进岩石，
未经眼力和祈祷的校准——就这样了。

他的眼睛，没脑子的警卫。
他的头脑，似眼睛一般无知。

然而，此刻他斗志昂扬——像一只鹰

在这事实扩张的无垠的浩瀚里，
在它发红的曙光中

---

① 希腊神话中最具智慧的神明之一，创造了人类，给人类带来了火。由于为
人类窃取了天火，被宙斯缚在高加索山脉的一个陡峭的悬崖上，并派恶鹰
天天来啄食他的肝脏。

那不可能是别的
也不可能曾是别的，

永远不会是别的。

此刻，第一次
　　　　　　放松
　　　　　　　　无助

这个泰坦感受到他的力量。

3

峭壁上的普罗米修斯

被鸟儿的栖居和粪便所折磨，
还有风沙磨砺过的山巅上格格打战的静电，
簇向天空的树丛，染黑太阳的一群——

大声发出世界末日的呐喊。
于是燕子折起羽枝掉落，
鸽子的萤光泡胀破了，
夜莺和杜鹃
跌进葱郁的森林，那里啄木鸟
眼睛白得失常

把笑声呼号进死亡洞窟。
众鸟此后变成它们一直以来的样子，
爪刨，探查，窥视着一个失落的世界——

一个充满和美、神圣信念的世界
被这呐喊粉碎
它带给普罗米修斯安宁

还弄醒了秃鹫。

9

现在我知道决不该

招惹麻烦。
我塑造的人，还有我塑造的神
都不敢招惹我。

泄漏的这声喊叫和这些脸纹
是为我蓄意策划的——也为山泉
被堵截为无力的沉静。

还有什么秘密
镇遏在我的沉静之下？
甚至连我都不知道。

只有他知道——那只鸟，那
卑鄙、幸灾乐祸的密使
还有他用我的内脏写成的象形文字

是他吐露的一切。

10

峭壁上的普罗米修斯

开始赏识起这秃鹫来
它知道它在做什么
它一直在做
不但吞噬他的肝脏
还设法消化它的罪过

还一再把它自己悬垂在太阳下
像一杆神圣的称重秤
平衡着这生命的馈赠

和这馈赠的代价
纹丝不动
就像两者都微不足道。

14

峭壁上的普罗米修斯

看见风
为鞭挞一切而鞭挞一切
光鞭挞水，水鞭挞光

男人和女人们受到
无形的口舌鞭挞
他们抓挠、撕扯，勉力前行

或畏缩在鞭挞之下
他们抽打动物抽动引擎
想把它们从鞭子下解救出来

他们抬起脸庞四处张望
寻找主和折磨者
当内心瘫倒蜷缩

他们就像割下的草木变得盲目
已然痛苦和惧怕得无以复加
甚至连蜗牛都会被鞭挞

雨燕再怎么尖叫也难逃鞭子

甚至连存在本身似乎就是鞭挞

甚至连大地也跃起

像一个又大又丑的塞子。

19

峭壁上的普罗米修斯

高声呼喊，他的话
传向四方
像鸟

像受了惊吓的鸟
它们一路啼鸣着飞离
惊起别的一起跟随

因为语言是万物的信使——
如此之快
一切都插上翅膀飞走了

所以言谈一开始指望
能把破碎的言语的土壤连成一体
但突然变成太空的沉寂和冷酷

被言词掏空

溃散、消失。
　　　　　　　于是嘴残忍地

紧闭，因为满口的

太空之恐惧它让耳朵轰隆作响。

选自《花与虫》（1986）

奥格瑞斯堡湖的紫罗兰

涌动的潮水研磨着水晶，在悬崖下。

西面敞开的熔炉映衬着——
一树枝的苹果花。

熏黑的铜制小牛
冷却在翡翠上
它正破碎成无情的灰烬。

牛乳和血液都很虚弱
在战栗的海风中。

只有一朵紫色的花——这护身符
（曾为普洛斯彼罗所有）——短暂地容纳一切，
在一个洗净的光球里。

两只蛱蝶

五月中旬——在五月的冰霜杀死山茶花之后，
在五月雪之后。在人类记忆中
一个最糟的冬天之后，
在杀死年逾百岁和仅十岁的月桂的
一次霜冻之后——突然间
是一阵温暖的柔软。一个蓝色天堂
掩着大地的汗水
和冬季冒出的汗水
在草地五月妆的绒面下
兴奋不安。

                   这时
两只蛱蝶，发现自己还活着，
她啜饮着大地的汗水，而他
和她一起啜饮，转着圈飘舞
在雏菊的绒被上。她偏好蒲公英一些，
落下来把她如长弹簧一样的舌头
伸进依偎着的褶层里，伸进花朵
层层褶皱的喉咙里，她的双翼高高折起。
他落在她身后，在新草
清澈的微光里，颤动着悄悄靠拢

几乎要碰在一起——拍打着、震动着
双翼大开再紧紧闭合再完全展平
哆嗦着和她靠得那么近，几乎
可以用他的触须抚摩她的下腹——
她马上腾空飞走了，而他突然
像燕子一样赶上她，逼近她，阻断她
任何逃走的方向。她将之转化成
自己的意志，突然向下
落到另一朵蒲公英上，
让她轻飘飘的游艇停泊在花冠上。
摇晃着稳住，更深、更甜蜜地插入，
她的双翼在她身上紧紧闭合，
一本封印的书，全神贯注于自身。
她对他不理不睬
他从左边再从右边接近，
展开双翼飞来飞去，挑逗着她的茸毛
用他芬芳的气流，一阵阵飞出花样，
飞出他热情、绚丽、极富魅力的民间艺术，
鼓起勇气靠近，一片草叶接着一片草叶，
因拘谨而颤抖，就要碰到了——
而她再一次飞走，犹豫地颤抖着。他突然猛扑
又一次灵活轻快地精准降落
在她尾巴下面，这一次
她紧紧地夹住一朵雏菊。她被选中了，
爱欲已经占据了她。而他则被征募
作为剥开花苞所必需的东西

成为有天赋的知更鸟
从依然光秃的桦木
啄出洞孔，
空气整个儿就像是他，
仍旧在往里翻腾的大地上呼吸，
婚礼上的初次爱抚来临了，大地
张开它的花瓣，整个天空
绽放出一朵花
里面有深奥的图形的花粉。

我坐着写信的地方

突然，一群流氓般的年幼椋鸟
雨点般落在我周围尖声长叫，
大喊着那是多么美妙，每一个
都得加入，而它们现在就得离开！

很可能是山楂花
怪异的茴香尸臭味惊扰了它们，
正如它惊扰了我。它们这时全都腾起
振翅悬浮，奇怪地打着旋，

发出刺耳而干涩的咕噜声。接着发疯一样
它们猛地飞出，只一次兴奋的一扭，
就把我甩在一边。
　　　　　　　　我摘下苹果花，
冰凉，血色红唇般，湿漉漉地绽放。

而我只想让思想平复下来写信
这时它们又全都风暴般回来了，
粗哑的嘶叫和咆哮令人头晕
群集在一颗小梣树的顶端——

激情迸发的躯体，蛇一样的黑脖子伸长
为新鲜的刺激——下面去哪儿？现在在哪儿？哪儿？——
它们飞走了，全都蜂拥着去追逐
留下发狂的我，头脑一片混乱。

它们无法相信自己的翅膀。

雪亮的云朵沸腾了。

燕 鸥

致诺曼·尼克尔森[①]

海浪隆起绿色的玻璃。
透过它你看到日出，里面有黑色的海藻，
而它的上方——镰刀般的鸟
在风中浮游，涂油般抽动。

那是燕鸥。一柄沾着血的鱼叉
炫目大浪里的中空之处，
在闪光的风里打磨、抛光
靠他自己的专有经验——

现已完成并使用。
翅膀——用眼睛
遥控
在他在水下飞掠而过的影子里

他们虚晃、倾斜似钢铁般冷酷。

---

① 英国诗人，他的诗以关注地方、语言的直来直去和包含日常语言而闻名。
也写有小说和戏剧。

突然一块磁铁触发

吸引他向下，穿过一片单薄的碎浪，

朝着一条沙鳗。一闪之间，扯将出来，

穿过另一扇海浪的窗户。

他的眼睛是手钻。

深深地钻进海浪翻腾的微粒里

他的大脑是手钻。他悬停，

一块吹拂的碎布，一个不确定的词

从海洋的嘴里发出。

他的意图不留余地。他颤抖

直至尾羽分叉处。

顷刻间，他点亮的碎片是一声尖叫。

蜜　蜂

蜜蜂
如爱因斯坦的念头一样卓越
不接受任何说教。
似太阳，她总在运行轨迹上。

似乎别的东西都不存在
除了那些花儿。
没有山，没有牛，没有海滩，没有店铺。
唯有那些花儿的彩虹波浪

虚无中的震颤

花儿做成的飞毯

　　　　　　——一种花式
来来往往——织得非常紧致——
从中她研究着各种方案。

毛茸茸的小妖精
（养蜂人的想法）黏糊糊地

选自《花与虫》（1986）　429

攀爬在太阳的脸上——阴影的手套。

然而蜜蜂

无法想象他，以她的才智，

即便他是坐在她彩色飞毯上的偷渡者

还喝了她的蜜酿①。

---

① 原文为 sums，字面意思为"财富"，与前面的"太阳"（sun）关联。

中暑的毛地黄

一旦你弯腰触碰
在篱笆里等你的
吉卜赛女孩儿
她蓬松的连衣裙就会散落开。

仲夏的水沟病！
大地热病引发潮红和斑点
肿胀的唇张开，她的眼闭着，
耷拉着的一簇①，如此稚嫩！炽热

在疯狂的蜘蛛中。
你瞥见这爬虫从下面玷污
她晒伤的乳房
于是你的头眩晕。你闭上眼。

这些狐狸②会说话吗？你的头在抽痛。
想想鸟儿长鸣的回声，

---

① armful，也有"一抱"之意。
② foxes，语言游戏，毛地黄原文为 foxglove。

滴着水的羊齿草根，还有蝴蝶的触摸
它让你醒来。

想想你母亲
长长的、深色的乳头。

她柔滑的身体是个温柔的烤箱
预备着花粉做的糕点。

蚀

有半个小时，透过一块放大镜，
我一直观察着蜘蛛们不被打扰地做爱，
没有觉察到偷窥者，分外愉悦。

最初是在窗户的左边的角落里
我看见一只普通蜘蛛在活动。在那儿
在尸体的堆肥里，蹒跚而行的
昆虫们在它们丰盈的色彩里枯干，
一个制服战利品的窝，红的，绿的，
黄色条纹的以及剥离下来的翅膀须，去年的残留物，
历经一冬的干燥，已经没有了气味——头，
紧身胸衣，紧腰衣，腿壳，薄硬壳的碎片
在一座尘埃遍布、无人照管的博物馆里，在那儿的
罅隙里，在那些还留着破旧外壳的尸体下，
藏着一只前来过活的蜘蛛。她已经结好了
一缕几乎不可见的
凌乱丝线，一些没有目标的转角
在玻璃上伪装成雨点留下的灰尘斑痕。
我看着她活动。接着一只小一点的，
同样姜黄色，整个儿别无二致，

只是体型小点儿。他突然出现了。

底朝天，她跳起一支
轻柔而诡异的舞。所有的腿抱成一团
只剩那两条前腿，在网上轻敲，
像拨弄苍蝇一样，我觉得，抖动它，为的是
吸引一动不动、底朝天的公蜘蛛，在蛛网外缘，
离她仅有一英寸。他离开了，
转身准备逃走，我猜。可能
是害怕她的意图和欲望：
心生疑窦。然而她的操纵力，不断聚集，
不会出错，在历经几百万年
不断完善这项技艺后，让他再一次转身
在两英寸距离开外，还把他挂起来
底朝天，头朝下，肚子朝着她。
纹丝不动，仅有他毛茸茸的腿尖
一阵微弱得难以觉察的颤动。
她靠拢过来，底朝天，温柔地，
把他的前腿缠进她的。

所以，我推测，这会是一桩出名的谋杀。
为了观察，我靠得再近些。有些
难以理解，也不容易
好好观察到的事情，正在发生。
她的两只手似乎胀了起来，像细小的蟹螯。
她把那两只钳子折起来放到鼻子下

以便于给她的钳子送东西，它们在动，
泛着微光。他时不时抽搐一下。
她下腹的卵囊在抽动——轻微的痉挛
一阵小小的自私的高潮。她是否在把他扯成碎片？
某种极微妙的东西，
一种极微妙的默契正在达成。
他的腹部下面有一个管口——
应该是他块状的小鸡鸡，
和他身体其他部分一样呈姜黄色，一个乳突，
一个极小的喷嘴。很可能
它是在显微镜下被设计加工得
如同太空火箭里的某种微型装置。
依我看来，它原始又简单。不过，绝不简单的，
是她的触须，她拳击手套一样的钳子——
它们像是机械手
在防辐射的安全玻璃的另一边
摆弄着放射性物质。
却灵巧得吓人。她伸出一只来，
我想象不出她是如何看得见去做的，
从她蟹螯下面伸出猴子般的手指
握住他的乳突鸡鸡。她一抓住它
一个泛着微光的透明胶状泡泡
便从她的钳子那里膨胀起来，和她的头一样大小，
然后又缩回去，而在它回缩的时候
她猛地扭曲着从他鸡鸡上松开
似乎刚才是锁在那儿，而那闪光湿润的一团

在她的虎口钳上增加了一倍，
并用它在她的嘴上和下表皮处摩擦，
六七次激烈的摩擦，同时她的下腹部抽动着，
她的尾尖在挑逗，而他被动地悬着。
接着她的另一只手伸出来，在肘部，
抓牢他的芽状凸起，黏稠的泡泡
在她钳子上方胀大，一根红色的刺
在里面弹动，而他猛地拉回身上的绳索。
紧接着泡泡缩小了，她把它拧开
再拿回来塞进她脸所在的地方
也不管那是什么。非常平静，
除了那些潜入和抽动
他们底朝天地悬着，面对面，
抱着前腿。还是难以说清
究竟在发生着什么。还在继续。
半个小时了。终于她退后了。
他像死了一样挂着，
就像她一直摆布他的时候一样。
我以为应该是结束了。所以现在，我以为，
我目睹了谋杀。我能想象
如果他现在动弹，她会视之为苍蝇，
她会感到肚子饿坏了。而到目前为止
她对他没有表现出太大兴趣
全部注意力都集中在他的附着物上，
似乎底朝天的他只不过是一张餐桌
盛着美味佳肴。她离开了。

没有方向地走来走去，

直到我意识到，她是在凝神于

一个满是灰尘的、白色的 V，一个看起来毛茸茸的

蛛丝的德尔塔①。然后我可以看到

她低垂的肚子如何在 V 里起舞。

我看见她在用触须一样纤细且精准的脚，

把胶质的一团放到纤维上，再把其他的一起粘上

让 V 变深变黏稠，在连接点打上节。

接着她原地起舞，肚子向下，在此之上——

突然起身把自己

挂在 V 的上面。V 的杯状凹处

有一个极小的新的白色小团。

第一枚卵？那么快？紧接着

她非常小心地轻轻拍动这个小团儿，

把更多棉状纤维织进 V 里，每一边都顾及到，

随着她的拍动，它慢慢缩小。我明白

我正目睹伟大的天性

一种坚毅的心志，不过并非她刻意为之。

很快，这个小小的不成形的白团

变成了脏脏的一团，而她离开了。她回到

男伴的身边，他还悬挂在原地。

她稍作停顿而后用力揩拭她的手，

在她钳子里扭拧。突然

---

① delta，第四个希腊字母的读音，大写为"△"，在数学和物理学中，"△"
 是表示增量符号。

奇迹般精准的疾速一抓
从她嘴里取出了什么东西，并把它扔到
蛛网最外缘的十字形蛛丝上——
一小块白色残余物——废料，我想，
是他们做爱后的产物。于是我停止观察。
十分钟后他们又开始了。
现在他们已经不见踪影。我仔细查看
这整个尸体的垃圾堆
还有它下面的窗棂的裂缝。
他们躲了起来。她是不是正在吞食他？
抑或还有一些极乐的时日
在他加入她的古董摆设之前。很可能
他们一起藏进了这霉臭的黑暗之中，
抱着前臂，听着雨声，尽情享受着
当云层后面太阳的边缘
从我们的阴影里露出来。

像一只蚱蜢

一个陷阱
在田间小径上等候。

柳条编的机巧装置，各部件灵活，
发条紧绷就位。

做得如此轻巧，用草
（用草梗、结节和粗糙干枯的菖蒲叶）。

用软嫩的毛毛虫做饵，
充满生命力的肚子，脉动着发出信号。

随之而来的是一种害了相思、踩着芬芳
野外土壤的乐音。

陷阱，被一阵气息触发，
突然运作，各部件一阵恍惚——

而乐音高扬。

一个遒劲的小提琴
困住了小提琴手。

指如云彩的夏天，美丽的诱捕者，
拾起歌唱着的笼子

取出这支歌，把它放进其他歌里
她把它们披在身上，它们是她的财富，

一码开外，再次布好她的陷阱。

选自《什么是真理？》（ 1984 ）

新生马驹

昨天，哪儿也找不到他
无论是天空中还是天空下。

突然他出现在这儿———堆温暖的
余火和灰烬，被一阵阵风爱抚。

一颗星从外太空俯冲而来——闪耀着
并在干草堆里燃尽。
此刻有什么东西在烟雾里动弹。
我们叫它小马驹。

还晕乎乎的
他不知道自己在哪儿。
他的眼睛，露水般幽暗，探索着昏暗的墙和耀眼的门。
这就是世界？
他困惑了。这是种巨大的麻木。

他打起精神，适应着事物的重量
还有那匹轻轻推他的高头大马，以及这堆干草。

他从光带来的
第一次空白震撼中抽身休息，
各种问题带来空洞的眩晕——
发生了什么？我是谁？

他的耳朵继续探求着，小心翼翼地。

然而他的腿却急不可耐，
从如此长时间的空无中复生
它们满是想法跃跃欲试，开始做一些尝试，
它东倒西歪，
摸索着杠杆效能，学得很快——

突然，他站起来了

全身伸展———一只巨大的手
从鼻子到脚跟抚摩着他
让他的外形臻于完善，当他自己
把结扎牢。
　　　　　现在他走过来
在奇异的大地上摇摇晃晃。他的鼻子
毛茸茸又富于磁性，拉拽着他，半信半疑地，
走向他的母亲。而这世界是温暖的
细心且慈祥。触碰着摸索着
他适应了一切。

不久他就将成为一匹真正的马。
他只想成为一匹"马",
每一天都装得越来越像"马"
直到他真成了完美的马。然后超尘世的马
会涌入他,没有重量,一团飞旋的火焰
在突如其来的阵阵狂风下,

它会盘卷起他的眼球和脚跟
只需一次恐惧——
就像闪电和雷鸣之间的惊惧。

还会弄弯他的脖子,像一只海怪
从海浪中浮现,

会越过他暴风雨般的旗帜抛出新月,
还有满月和暗月。

母 鸡

母鸡
崇拜尘土。她发现上帝无处不在。
她发现他的珍宝无处不在。
她并不在意
卷心菜的想法。

她已忘却飞行
因为她已满意地阐释了
她反复出现的梦
关于咔嚓响的剁肉刀，炽热的烤箱，
还有那小小的卷笔刀刃
切开她的上腭。
她拍拍翅膀，像浅底的鸡蛋篮子，
表示着她的轻蔑
对那些靠逃避过活
以及未来是一片空阔天空的族类。

她刨地，用清高、不知疲倦的脚，
找寻尘土的宝藏，
随着机械闹钟咯咯地叫

她没有选择歌唱

当造物主

把劳动者和歌唱者区分开的时候。

她的眼盯着犒赏

她虔敬地歪着头

从最有实效的角度

那已向她透露

狐狸是村野的迷信，

她下的蛋已让人类臣服为奴

而且天堂，不论如何预示凶兆，

仍未堕落。

她还是坚定的。她的眼令人生畏——血性

（那弱点）要即刻惩处。

她是以坚固的正气之铜制成的。

不会让自己纵情于任何事情

除了偶尔昏晕一会儿，一阵小小的、美妙的神魂迷离，

一只眼闭着，就在沉睡前，

想象龙蒿的气味。

野　兔

I

那精灵
靠他一双笨拙的后腿前行

那古怪的长耳精灵
摇摇晃晃地顺着公路走

不要超过他，不要去想开车超他，
他疯疯癫癫的，满路走，
在东倒西歪的学步车里，他控制不住，
他松动的大轮子，已经弯曲生锈，
差点儿晃到翻车

他脑袋里所有的螺丝都晃得松了

连眼睛都在晃来晃去

II

野兔是种非常脆弱的东西。

野兔的生命是玻璃酒杯，她那饰有黄色流苏的雪白肚子在
　　说：脆弱。

野兔的骨头是轻质玻璃。而野兔的脸——

是谁让她的脸抬起向着主？
她新芽般的鼻孔和嘴唇，
是为最精致的铅笔画准备的，最后一抹睫毛的韵味

似飞蛾茸毛般精细，
而这惊叹的气息
把那狂野的美之光
固定于她的眼神
似乎她的视网膜
就是那永恒的满月。

是谁，午夜在 A30 上，
德鲁伊特①之魂，
黑夜裸奔者，突然出现的愚笨小妖精
在你的车底下砰砰跳
而后伴随人类痛苦的哭声
在路上变成一个人类婴儿
而你却几乎不敢拾起？

_____

① 德鲁伊特，一种古代凯尔特人原始宗教的名称，源于这种宗教的祭司德鲁
　伊特。它是精神文化的掌管者。

或者跳着，像带小头灯的大蝙蝠，
径直冲出黑暗
闯进司机的神经
一阵刺耳的尖叫声
就像是车撞到了飞行的竖琴

以至于连司机的神经都一阵乱跳
尖叫如一台迸发的竖琴。

Ⅲ

她狐疑不安地靠近
好似受到诱惑，可还是害怕，
越来越近。
像个巨大的蛋摇摇欲坠——神秘莫测！

接着她会伸展开，高高站起，靠她的后腿，
依赖空气，
紧绷——像一条在空中静静等待的游艇——

而猎人看到的是什么？一个仙子般的女人？
一头梦境中的小兽？
一只三月玉米地的袋鼠？

这最动人的脸庞在倾听，
她的黑色耳尖听到黑刺李的花蕾

正张开它的嘴唇，
她立着的黑色毛尖听到明日的天气
正在梳理母马的尾巴，
她雪一般毛茸茸的肚子正感知着第一声气息，
橘色的颈背，因为梦见狐狸而狡黠——

巫女
充满战栗的血液——令人惊异
她体内多少血液啊！
她是个满是战栗血液的月下池塘

随着咒语抽搐，她镶着金边的眼像着了魔——

她举止如此温柔，
用最轻柔的动作维持平衡
似乎她眼里注满了水——

IV

我见过她，
一只瘦长的野兔，长而细的脚
她长长的有凹陷的大腿，
她那缎带一般的耳朵
在月光下飞奔
跳着弗拉明戈舞，脚跟扬起尘埃
在小山丘的鼓上。

我也见过他，费力地跛行
跳跃者之神
被黎明惊起，困在大地上，
沾着变干的泥，
痛苦地在垄沟上摇晃

他用来弹跳的腿，有力的大腿
对日常行走来说力量过大，
如此有力
它们看着几乎是个负担，是个麻烦，
对他而言几乎是个头痛的困难
在他想溜达或驻足时，
抬起和移动几乎都带着隐隐的痛
就像用一个弯曲的手摇柄来启动一台冰冷的汽车引擎——

直到一次震动，一阵恐惧，随着一声巨响
抓住她的耳朵。烤炉的门
嘭的一声打开，两支枪管，一阵犬吠
从洋葱里爆裂而出——
　　　　　　　　她跳起来
她的脚跟
硬如角铁，把盐和胡椒
踢进偷猎者的眼里——
　　　　　　　　一直踢一直踢
把旋转着的萝卜世界
踢进偷猎者的食道——

                    当她
在纤细的山楂树和更细的荆棘间
溜入明天。

选自《河流》（ 1983 ）

河　流

自天堂落下，横躺
在母亲的怀中，被世界拆得七零八落。

然而水会一直
从天堂涌出

麻木中发出神灵的光辉
穿过它擦破的嘴。

洒落万千碎片又将之埋没
它干涸的坟墓会裂开，因一个天象，

在帐幔扯破的时候。
它会上涨，千百次后再一次，

吞下死亡和地狱后
它会回还纤尘不染

为了拯救这个世界。
所以河是一个神

芦苇间齐膝深，守卫着人，
或在水坝的门下荡漾在脚跟

它是个神，神圣不可亵渎。
永生不死。而且会洗净自身所有的死物。

在斯利格亨^①偶遇米利都人

致希拉里和西蒙

"水池往上，"他们曾说，"上游两英里。"

有一些关于沼泽地河流的诡异的东西。

一种震惊——

经过两英里坑坑洼洼的泥沼地，葱茏的冰河纪，硬
邦邦、哆嗦着的尸体，我兴奋地蹒跚行走在上
面，像一只长腿蜘蛛——

经过一条又一条弯弯曲曲的潺潺小溪（一阵闪乱的
浅灰色光把它蒸馏得仿佛某种迷幻药）——

经过高低不平刀锋一般血迹斑斑的草地，潮水浸透
的沼泽棉签，土灰碎花色的沙锥鸟——

———————————

① 苏格兰斯凯岛上的一个小村落。靠近库林山。

在那些石化的肩胛骨、椎骨、长角的颅骨下，库林
山①（鹰的庇护所）那天就像蓝色月光下灼热得
起褶皱的箔片一样呈现出蓝银色，微微颤
抖着——

八月初，在炎热的晚点中（在我的船到来前仅三小
时），我瞥了一眼手表，突然间

一个漩涡深及我的屁股，接着又在断头的石楠浮子
上摇摇晃晃半个多小时，我突然熔化在网与随身
物的纠缠中

震惊。
在我脚下
险峻的岩洞里，水流堆积着沉默。

如此被孤独淹没的深处，如此没顶的沉寂
如此的清澈
清洗着地下沼泽的洞穴主体。

这样一处明亮的雕花玻璃般的内景
从我身下滑过

而我感到有点儿头晕

---

① 位于苏格兰斯凯岛的一系列山脉。

影影绰绰

当我在长长的池塘尾部垂钓

窥视着那数不胜数的魂灵。

而如今我那些来自史前的异域朋友们，都去哪儿了？

那些古怪的眼睛

那么像我，但盯着坐标原点，

从外面的黑暗挤进来

目标明确的精子以及背负使命的卵子，

渴盼着永生

在残损的火山怀中，在泯灭的冰川沟壑里，

那些爱情幽灵的梭子呢？

只有更谦卑的生命朝我挥手——

水草轻轻擦着水底，它们的尾巴无所事事。

直到最后一个水池——

一个开阔、蜿蜒的螺旋，一块沉思的琥珀

深邃的耳朵，

绿莹莹的，和防腐剂一样珍贵，

一颗公羊的头骨沉没其中——被放大，一个美杜莎[①]，

阴森森的，散发着磷光，一盏灯

在这威士忌下面十英尺。

[①] 古希腊神话中的蛇发女妖，看到她眼睛的人会被石化。

我听到这个水池低声发出警告。

我魅惑地撩拨它的前沿。
我用一根须抚摩它的喉咙。
我舔它的锁骨
塑成的凹陷处
那儿的深处，如今在对岸的下面，
因克制的亢奋而搏动起来——

怪异的是，你如何知道它什么时候发生——
现在我感觉到了，我的血液
刺痒而浓稠，变换
随着阵阵寒意而到来，一次离奇的发作
似乎群山在我身后
推挤得越来越高，挤在我肩头上——

而后水池飞快地抬升上涨
抓住我心脏的神经末梢不放，猛撞，

想把它从我这儿夺走，继而
抬起闪光的手臂作为杠杆
那就是斯利格亨的格鲁阿加奇①！
某种从花岗岩缝里出来的博格特②！

_____

① 美国作家、艺术家迈克·米格诺拉小说《地狱男爵》中的虚构反派人物。
② 魔法界的神奇生物，可以变形，会看透人的内心，变成遇见它的人最害怕的东西。

一个从颅骨里蹦出的格雷斯蒂格^①!

——它给了我什么

如此超自然而且美丽的惊恐

还是忘却，脱离肉身

沉入眼瞳的黑暗之中?

只是一条小鲑鱼。

大西洋鲑鱼^②

最为可爱的、被遗落的、最被渴望的食人女怪

来自旧石器时代

在荒废的斯凯^③城堡里

透过她扭曲时空的窥视孔看着我

当我从现实的光里逐渐消逝。

---

① 苏格兰神话中的鬼怪，可以以漂亮女人的形象和丑陋男人的形象出现，也可以以女人头山羊身出现。

② 原文为 Salmo salar，Salmo 与本诗题献西蒙是同一个词。

③ 苏格兰西部的一个岛。

低　潮

今夜
这河是一个美丽悠闲的女人。

八月让人精疲力竭的白昼
耗尽了一个冲动的流浪汉。
她躺下来，无聊而眩晕。
懒洋洋地躺在深深的睡椅里。长长的大腿
从闪亮的绸衣里抬起。

爱慕的树，跪着，妖魔般的太监们
梳理好她的散发，按摩她的手指。

她伸了伸懒腰———一种极乐
绷紧她的皮肤，在她金色身体深处

热潮震颤，而后消散。她半睡半醒。

她似梦非梦脱离了自己，轻浮的
爱的约定的自杀。交配与死亡。

她搅动爱情魔药——渗出香脂
鱼身上的黏液和水藻令之黏稠。

你站在树叶下，你的脚没入浅水。
她从世界的始初从容地打量你。

日本江河传说

I

今夜
从银装素裹的村落，沿着积雪的小巷
雪行色匆匆
前往赴约，抚摩着
她的头发，她的衣服
穿着微微泛光的拖鞋
越过麦茬，

    轻薄的和服下
她赤裸着，首饰
别进头发，戴在耳上，点缀着裸露的脖子
眼里暗暗地闪着光

     枝条和荆棘
羁绊着她

   当她拉起
河边茅舍里
破烂的帘幕，猛地
钻进他贪婪的被窝。

Ⅱ

这蜿蜒的河整个早晨都在尽情享受
他活力充沛的新娘——雪姬
她从云里窥看，选中了他，
　　　　　然后降临。

伴着神仙们灿烂的笑声
故事继续
摇撼着桤木——
最终昏昏欲睡的事后满足
蓝色迷乱长长的河谷。高飞的海鸥
看到下面的闪光
还有柔软的肩膀
慵懒地躺在她纯白的貂袍里。
　　　　　　　　夜
剥离幻觉。
把她的美从颅骨卸下。眼窝，实际上，
是根弯成的窟窿——空无一物
对着繁星的灰烬。她的吻
穿过整个喉咙牢牢卡住
错位的脊椎。
　　　　　　她的爪子
被月光拉长，麻木不仁地剖开
这长长的鲜血淋漓的肚子。

　　　　　　　　而这河
是死亡的阴沟，
洒落的光辉
　　　　　　在她爪子上晃荡
当她
飞过破碎的空间
飞离存在。

奥菲莉亚

雷雨云在河边展开的地方——
她向那儿走去。

彻彻底底
揉捏的翻腾和击水声。

如果鳟鱼跃入空中，不是为了休息片刻。
它须得即刻落回

进入这个怪异的引擎
那个创造了它、让它前行

并让它劳作至死的引擎——
　　　　　她走向那儿

黑鱼，手指放在她的唇边，
凝神进入来世。

萍水相逢

黎明。河流消瘦。
池塘尾部梳好的发型
发出淡淡的光。
那长长的吊床挂在池塘里仍旧平整。

海鳟鱼，一支海生的小舰队，锚泊着，
没有实体，笼着暗影焰火，
悬停在近乎虚无的阳光里。

那儿是它们的实存之地，在恋家的橡树下，
靠近泰迪熊一样的绵羊，那华丽的稀拉的争吵就在眼前——

宇航头盔般的船头全神贯注，
只有它们的尾部襟翼微微泛起涟漪
纠正漂移方向，
鳃从容张合。

而池塘勤劳堆垒着根系，
年幼的小母牛欢蹦乱跳，水蚊子
拨打着它们的算盘，就连秃鹰的手

徐缓的抓取
也只不过是在点缀天堂
海鳟鱼在那儿，稳住并倾泻着，
以光的速度倾斜。
　　　　对防风草
骷髅哨兵的狂轰滥炸毫不在意，
对如此公然瞄准下方的太阳满不在乎。

蓟花须从它们上面掠过。一开始，掉下的树叶
以隐蔽的影子试探它们。

海鳟鱼，向上紧盯，恍惚出神，
贯注于一切又将之忘却
进入极乐的空白。

而这才是真正的三昧①——无物，飘浮。

直到，鼓起，一个人影
晃动它们的苍穹。
　　　　现在看看这些圣者
收缩它们的灵光，纤巧，下沉，专注，准备
像鳟鱼一样急速离开。

————————

① 印度教、佛教用语，指入定。

格尔卡纳①

混杂成堆的冰山，漂向北方——
一个长长的烟雾的花环。

格尔卡纳，在它与考佩尔②汇合的地方，
翡翠，从黑色的云杉林晃荡而出，
紧接着又消失在其中。

奇怪的字眼，格尔卡纳。什么意思？
前哥伦布时期的雕刻符号。
一条淡蓝色的线——像一个孩子潦草的手迹
横断我们的地图。一个水的拉撒路③
从七十度以下回还。
　　　　　　　　　我们摇摇晃晃，
没有彻底清醒
在一道怪异的光里——一种

---

① 美国阿拉斯加州的一个城市，在瓦尔迪兹-科尔多瓦人口普查区。有格尔
　卡纳河。
② copper，还有铜的意思。
③ 拉撒路是《圣经》中的人物，病死了，耶稣断定他将复活，四天后果然从
　山洞中复活。

紫色虚无的轰击——

在反向的搅在一块的字眼当中。

在一直让我惊愕的岩石当中——太像岩石了，

催眠的岩石——

                       一个堆积着方形棚屋、

超市垃圾、狗和残破皮卡车的垃圾场，

我们买通行证的那个印第安村落

昏昏沉沉的———一场文化输精管切除术

所致的萧条停滞的毒素。他们正在倒退

成为巨石般的云、云母、熊和喜鹊。

我们沿着满是石子、绷紧的河岸线蹒跚而行

就在滴水的绝壁下面

那里零星的石子弹向我们，神秘怪异。

（整个大地地震一样不断地震颤。）

格尔卡纳——

像依据《圣经》，令人发狂的一声大喊

从荒野里传出——从我们身旁冲过。

一个石头一样的声音拖住了我们。

我发现自己正死死抱住

碎片般的云杉抬起的天际线

而我靴底的沉陷

带着努力平衡着的瞥闪——近似于恐惧，

某种我一直想借不慌不忙的步伐

去否认的东西。然而它却随我而来

似乎它就在我背包上摇摆——
一种后颈背的不安。我们深一脚浅一脚地走了很远
穿过松软的冻土洼地
为了这条河
神奇的化石——每个仲夏
经由它而满血复活的生物。
为了一条鱼的朝圣者！
为了在鱼眼里找到矿脉的勘探者！

在那水银光、紫外光里，
我开始出现幻觉。我感觉我被追捕。
我试探了一下我的恐惧。它好像活在我脖子里——
一种畏畏缩缩、鸟头一样的警惕。
而在我眼里
那感觉有点对我盯着看的视而不见的东西
倒似乎在盯着我看。而在我耳中——
对云杉枝头空气的动静如此提防
让我的耳膜都开始疼起来。我把它解释
给我默默争论、一清二楚的恐慌听
就像它是我身体里恐惧的化身，
一个没有肉身的双胞胎，某种分身
断绝了关系的另一半，没有生命，
却一直活着，一只史前幼虫，
他的旅程就是这般，他此刻欣喜于
认出了他的家，
而我能感觉到他的凝视，当他看着我

摆弄着我的装备——这个闯入者，
这个他一直憎恨的傻瓜。我们搭起帐篷

整整三天
我们的渔具刮擦着疾速洪流的窗户。

我们似乎力不从心。无论我们钩住什么
都在空中弯曲，一头小小的鼠海豚，
那时在重压之下直接顺流而下
与考佩尔的冰川滑坡汇合
那是水泥的颜色。

即使我们把一头弄上岸来
还是大到不能吃。

但是那眼睛！
　　　　我窥探进它的晶体
寻找我为之而来的东西。（我缘何而来？
相机的闪光？曝光过度、秋波连连的灯泡？）
我看到的东西体小，癫狂，有点像蛇。
让我想起一颗侏儒般缩成一团的太阳
还有白令海下面
那黑色、冻结一切的压力。

我们重新启动它们暗紫红色的身躯，
那些吞咽着、熏黑了般的嘴，亮晶晶的面甲——

未兑现誓约的方舟，

它们的伊甸园的卵囊，

披挂贵金属的六翼天使

它们涌动着离去，被磁铁般吸引，

进入格尔卡纳轰响的熔炉。

极乐像一种麻醉剂

让它们目不转睛。它们着了魔

对河里的那个声音

还有它的伴奏——

笛声，鼓声。它们浮浮沉沉

像多个声部，它们自己像演唱者

在河流的强音里。我们看着它们，深深地沉下去。

它们就像曾经那样，梦游者，

嗑了药，仪式中的牺牲者，融化

朝向一种圣礼——

　　　　　　　　一种圆满

只能是死亡。

它会那样，不出几日，

在某个石头一样的水体平台上，

在一个溢洪道里，那里人几乎无法站立——

美洲土著，

高高立在雨中，在山峦的开阔地里，

它们会开始转圈，

脱去各种饰物，

打着冷战和哆嗦，雄性伴着雌性，

开始跳死亡的舞蹈——

水流漫过它们的眉宇和肩头，

肚子被撕开被掏空

内脏丢进满是石子的水沟里

在卵子和精子的狂欢中，

这重生的狂欢舞蹈

面具和盛装漂得无影无踪，

被扯掉——最后是它们的肉身，

在如痴如醉的疯狂中，像障碍一般，

被剥去——

        高潮消散

在水的怜悯里，在星辰的根源处，

被天启的真相吞噬，

抽干每一个分子，计上数，

愈合成虚无的紫水晶——

我清醒过来。一个碎片化的幽灵

端起我抖动的咖啡，在飞机里，

啜饮着。

我想象这架 747

就像被一个小男孩握着

发出噪声。一个幽灵，

正逃离电影图像的闪烁，从舷窗窥看

在太阳钴蓝色的黑暗核心之下

格陵兰岛的尸体

被雪的强光紧紧包裹。
逐字逐句
河流的声音在我体内游移。

它就像是相思病。

一种麻木，一种隐秘的流血。

在我身体里苏醒。
讲述着
所罗门国王眼睛的故事。
血滴般蚊子的故事。

还有这像脚踩高跷、亚北极地带的单花玫瑰

带着它的假光圈

朝我们倾斜

在我们帐篷的入口处，它针般颤抖。

还有这年迈的印第安头人，穿着旧牛仔裤和袜子，微笑着

调整适应着我们的不解——他的脸

整个一只蝙蝠，闪着光，动着。

钓　鱼

入水，蹚过水下的生物
让大脑迷蒙进湿润的大地
把幽魂远抛到下游
直吸入河流与地心的引力

失语
停止
设想进入血清的闪耀中
似乎天地万物就是一个伤口
似乎这股水流全是治愈的血浆

被淤泥、树叶和石子替代
被突如其来的彩虹的巨大结构替代
它在悬浮的吸入中现形
又在眼睛的逼迫下消失

被滑行的船头劈开
被光和影的船身移置

在大地的波纹、太阳温柔的热浪里溶解，

在阳光溶液里肢解

变得微微透明——水之网
一次化解的漂移，带着泥土味的光之重量
被翅膀的影子撕碎
一切都在转圈、流动和原地盘旋

越过树根爬出来，全新而无名
搜寻着脸庞，凝固为肢体

让世界回归吧，像一座白色医院
到处是急迫的话语

尝试着表达并几近成功
愈合进时间和其他人

鲑鱼卵

鲑鱼就在下游那儿——
一起瑟瑟发抖，彼此触碰着，
相互帮忙排卵——

这时在洪水的咕哝声下
它们朝着死亡剥落。

               一月的薄雾，
太阳如纹理清晰的蛋黄。在浸至骨头的寒冷里
我弯腰注视，倾听着水声
直到我的眼睛忘记我

而翻滚的涌流取代我，这泥泞的花朵

所有这沉闷的永恒之光
崩塌于它自己的重压之下

昙花一现的庞然大物

泥浆凝固，推平，忽明忽暗的边缘

天堂与大地的剖腹产，感觉不到

尸体的发掘和狂喜的降临——

　　　　柳絮
在其母亲的丰盈中扭摆。蜘蛛依附在他的工艺品上。

别的什么事正在河里发生
比死亡更重大——死亡在这儿似乎是个表面现象
如同肢体上有小鳞片的寄生物一样。比生命更严肃
其反折的颌和极度饥饿的水晶体
似乎附和于
这么一种说法——这些细胞质的消息——
这张大口无声的熔化，这光的充能
因无垠而哑然。

　　　　河流继续流淌
滑过它的所在地，经历着它自身
在它的转轮里。

　　　　　　我辨认出这移位地宫的
沉陷的地基，一个岩床
受时光雕凿、劈裂的祭坛。
礼拜仪式——痛苦的，荣耀的——
一种狂喜与撕裂的分娩之痛。
源源不断的水

从这裂口喷涌而出。
　　　　　这是难以名状的
膨胀的出口
原子在里面骚动——也在薄雾里面
在太阳里面，在大地里面。

它是源泉，洋溢着触动和低语，
包裹着卵。
　　　　只有生命的诞生事关重大
河流的漩涡如是说。
　　　　　而河流
在一种腐化树叶的静寂里让一切噤声
在那儿太阳赤身裸体地翻滚，大地翻滚，

而思想在年迈的山楂树上凝结。

鸬　鹚

我面前这儿，黑鱼
我的防水胶鞋重七磅。

我的巴伯尔夹克，必不可少的主要原因
是它的口袋，能挡住

我背对的天空。我的包
装满了充足的诱饵和猎人的药物

够在更新世时期用一年。
我的帽子，唯一的用途

如果今年五月还像三月那样，
就是让我难堪，我的网，跟我一样长，

乐观，笨拙，着迷
每根细枝残根和篱笆倒刺

会慢慢地毁掉一天。我小心翼翼地
在湿滑的页岩上蹚水，

渗透通过二十码
黏糊糊又有磁性的蜘蛛网线

进入曲折拥挤熙来攘往的
河道，同时祈祷

伴着对未来的幻想，古奥的低语
祈盼能有鱼，被心灵感应摄住心魂，

会将它的不解
与我献祭给空间的小玩意儿连接起来。

鸬鹚注视着我，喙向上倾着，
身子像蛇一样低伏，有些像海蛇。

他在想："那根树桩
在我潜水时会保持树桩模样吗?"他潜下去了。

他把所有东西从尾端蜕去
仅留下鱼类动作，变成鱼，

从鸟类消失，
将他自己溶解

成鱼，同样自然地把鱼溶解
成他自己。再浮出来，吃得饱饱的，

成他曾经的模样，逃离我。
留下我身穿太空盔甲内心激动却不动声色

一个深海潜水者在两英寸深的水里。

鳗　鱼

Ⅰ

奇怪的是他的头。她的头。脑袋上
不可思议的圆顶，就像装大物件的
鼓鼓的吊舱。有着广泛感知的
叶状腺体。怪诞的鳗鱼头。
这饱满、李子一样滑溜的进化的果实。
在下面，她的拱嘴是压扁般的拖鞋脸，
嘴长长地咧开似笑非笑，
下颚突出捕食成性。而虹膜，浑浊的金色
提炼得刚好可以区别于
她的橄榄色带状身体，
交织在一起的黑色纹理。
在她眼睛后有更大的一圈，视力更不好
是她早先的眼睛，更苍白，更模糊
深陷着。她背驼得像水牛一样
开始令人惊愕的前行。
她的肩中段的胸鳍——
对鱼类生命的妥协——贴合地隐藏于
她隐蔽的套装：在它下面

皮肤是对最深处的鳗鱼灰白的暴露

正如她的肚子一样，一颗暗淡无光的珍珠。

最奇怪的，是拇指印般的皮肤，

是她隔绝自己的橡胶织品。她的整个身体

饰有标志性的波状花纹。这是她

把果囊马尾藻挂入

内心深处的希望。她的生命是个小房间

与外面的世界隔绝，她的耐性

因爱而深远，包揽一切

借助俯下身子的繁星似乎她

就是地球唯一的起源。影只形单

逾百万年岁，月亮的朝圣者，

水中的修女。

II

这河流打哪儿来？

还有这鳗鱼，这水的黑暗意念——

河流中的河流和它的对立面——

这水的黑暗神经？

不是源自大地记忆的泥潭

不是源自空气的突发奇想

不是源自盈溢的太阳。那从哪儿来呢？

源自虚无池塘的水底

上帝的果囊马尾藻
出自繁星空洞的螺旋

一个闪耀微光的人

演　出

就在帷幕落入河流前
灯心蜻蛉，伴着后台听不到的尖叫声
重新露面，那么轻盈。

从容地悬停，穿着蛇皮紧身衣，
带着紫罗兰深沉的优雅。

睫毛精致，一种吸血鬼的美，
在她的电石气首饰里。

她的睫毛膏留下污痕，她的纱幔泛着清新的微光——

八月末。一些梧桐叶
已经在它们的展览馆里，被吃得只剩网眼。
知更鸟的歌声把死去的荨麻上的宁静
染成古铜色。雨燕们，合而为一，
发出一声鞭响，消失了。黑莓一般。

　　　　　　　　　此刻，轻盈地，
这个娇小刺客蝰蛇般的震骇
仍处于高潮——

还在她的奇迹剧中：

带着假面，古色古香，缄默无言，昆虫的奥秘

来自太阳的地穴。

一切皆获宽恕

这般爱恋中的变形记！

菲德拉·泰坦尼娅①

裂纹珐琅做成的龙②！

紫外光里的悲剧女演员，

如此凶恶又如此脆弱，

如此磁石般步入她的厄运！

被镊子夹着提出河水

滴着太阳炽热的光芒——

突然间

她把场景转换到别的地方。

（后来找到他，在一枝荨麻秆中段，

一片蛛网和露水构成的、被摸得发皱的花瓣——

袖珍的木偶小丑，在细绳上出神，

在夜幕降临的香脂浓烟里。）

---

① 菲德拉，原文 Phaedra，希腊神话中英雄忒修斯的妻子。泰坦尼娅，原文
Titania，Titan 是希腊神话中统治世界的种族，也指巨人。

② 原文 Dragon，"蜻蜓"原文为 dragonfly，有着文字上的关联。

鳟鱼夜间到来

忍冬晃动她的尖牙。
毛地黄竖起敞开的肚腹。
犬蔷薇触碰着那层膜。

透过露水的迷雾，橡树的躯干
扑腾着，晃动着黑色的鹿角。

接着从河洞发出
一声碎响，什么东西跳将出来——

一个颠倒、埋葬的天堂
龇牙低吼，嘴如满月，颤抖着。

夏天的点点星辰，咬着颈背。
沙蚕在涎液里交尾。
大地在低声吟唱。

远处坚硬的玉米地里一个长着角的神
奔跑跳跃
他的鼓里有只蝙蝠。

十月的鲑鱼

他潜在糟糕的水里，一码左右深的安全距离，
在一棵朝外倾斜、没有保护性的小橡树下面仅两英尺，
在杂乱的荆棘下仅半英尺。

两千英里之后，他停下休息，
在缓缓的水流的怀里
在他的水潭墓园里呼吸。

大约六磅重，
最多四岁大，可能还没在海里度过冬季——
但已然是一个经验丰富的老手了，
已经是个伤痕累累的英雄。那么快就要结束！
如此短暂他游历了奇迹的游廊！
这样甜蜜的月份，这样富丽堂皇地绣进大地的华服，
她的起居礼服——
如今已磨损，因为她不知疲倦、漫无止境的追求，
挂在流水里，如一条磨破的披巾——

他的花朵里一颗秋季的荚果，
他壮年时仅剩的躯壳，在肩部和腰窝收缩，

随着他四月的力量
形成的奔向大海的北极光——
河湾里第一次跃出的报春花和紫罗兰——
成熟为泥泞的残渣，
河流在回收着他的海之合金。

在十月的光里
他悬停在那儿，披裹着麻风病衣。

死神已经把他装扮好了
用她滑稽的军服，她的徽章和勋章，
它们标志着他服役期满结束，
他的脸是张食尸鬼面具，一头高龄的恐龙，而整个身体
是一朵患了真菌溃疡的银莲花——

水的爱抚能减轻他的痛苦吗？
流水一分钟也不会停歇下来。

多大的变化！从那极光下的誓约
到阴沟里的这张裹尸布！
怎样一种活着的死亡——成为他自己的幽灵！
他仍然活着的身体变成死亡的提线木偶，
被死亡用粗糙的颜料和布帘打扮成洋娃娃
他出没在自己瞪眼的警戒里
忍耐着这顺从，这沉默，
这角色的屈辱！

情况就是那样，

那就是在那儿发生的，在矮橡树下，一个又一个小时，

那就是大海光华的最后归宿，

还有这贪婪喜悦的眼睛——无尽自由的国王

在闪光的浩瀚中，在海洋生命的繁盛中，

乘着能量的汹涌波涛，身轻如燕，

身体不过是能量的甲胄

在那最早的自由之海里，在这生命的原始奇迹中，

这满嘴咸涩的真实存在

带着光一样的力量——

而这曾一直伴随着他。这被刻入他的卵。

这个恐怖的会场也是家之所在。

他很可能就是在这个水潭里孵化出来的。

这是他唯一曾拥有过的母亲，这条满是小鱼、不安的河道

就在磨坊墙下，旁边是自行车轮、汽车轮胎、瓶子

还有沉底的瓦楞铁皮。

人们踏着傍晚的影子遛狗经过他。

如果男孩儿们看到他，会想法杀死他。

所有这些，都被缝进这撕裂的丰饶，

这史诗般的沉稳

让他在创伤中如此坚定，对厄运如此忠诚，

在天堂的机器里如此耐心。

那天早上

我们所到的地方鲑鱼特别多
特别从容，错落有致，目标高远
在它们内心的地图上，英格兰增添的

唯有南约克郡乌黑的晚霞
随着兰开斯特①飘游的鼓声摇荡
直到世界看起来像在慢慢倾覆。

肃立在那花粉中的光里
在野外水深及腰处，鲑鱼成群摇曳着
仿佛来自上帝之手。肉身在那儿

分离，金黄而不灭，
从他的疑念中———种精神灯塔
被鲑鱼的力量点亮

它们到来，到来，持续不断
好像是我们游得太慢，它们的队形

---

① Lancaster，英格兰西北部城市，此处应指 20 世纪五六十年代的一支乐队。

把我们抬向某种炫目的福恩

一个错误的念头就可能令之黯然。
似乎这堕落的世界和鲑鱼一起终结。
似乎这些就是永生不灭的鱼

它们已让这世界流逝——

那儿，飘浮的羽扇豆泛出的紫红色光中，
它们悬空于群山抚着的手中

由激动不已的原子构成。就这样发生了。
接着一个信号告诉我们还在原地
两只金色的熊跑下来像人一样游泳

在我们身旁。像孩子一样钻进水里。
站在深水里就像在王座上
吃着被它们爪子刺穿的鲑鱼。

于是我们找到了旅程的终点。
于是我们站着，活在这光的河流中
在这光的造物里，光的造物。

选自《望狼》(1989)

占星谜题

I 傻瓜的噩梦

我只是随便走走。
这儿有树，那儿有树，还有蕨类植物。
岩石穿透它们的苔藓毛衣。
黄昏一片烟熏般的景象，令人压抑。

我看见一头发光的野兽——一只雌虎。
不同的只是带有花香味，潮湿的根茎味，
从水草丛生的河里出来的活鱼腥味
而美丽的眼睛令我受伤。

她想玩耍，于是我们嬉戏。
她允诺带我看她的洞穴
那是逃离死亡的途径
能到达永恒之地。

要找到这个洞穴，她说，我们要躺下
你搂着我，就这样，我们一起飞舞。
结果是我被裹进

老虎的毛皮里。而在我们行进时

她跟我说起一个非常圣洁的男人
他把他自己喂给一只雌虎
因为饥饿已经让她的奶枯竭
而当他填满她的肚腹时

他变成了能给予一切的不死神明，
他一直想成为这样的神。
当我听到她的故事
我溶解在老虎体内的神力中

经过一片暗淡的大地
摇荡在她的脊梁下。直到我听见
一声可怕的哭喊，婴儿的啼哭声——
那么近，似乎是我自己的耳朵在哭喊。

我坐起身
浑身冒汗孤身一人
在闪闪发光的岩石中。

一个闪亮的精灵哭着离开了。

II 将醒未醒

公牛们摆动沉重的头，

眼睛鼓出风暴和月亮的恐惧。
它们分开的根在你周围嘎吱作响
你躺在那儿，脸朝下，一株植物。

一块冻住的石头——你头骨的石头。
宇宙飞入黑暗。
公牛们黑成一团，当它们命运的鼻孔
喘着气琢磨你的脊骨。

你躺着，像草一样无助。你的祈祷，
石化进球形的大地，
支撑着你，恐惧的顶冠
一动不动。

你母亲的野公牛们找到了你。
血、精液和口水的大幅推动
蹭着让你有了生气，用舌头把你擦醒。
这时它们开始啃咬你的腰背。

这些时刻你想喊却不敢喊出的尖叫
会持续你的一生。

Ⅲ 讲 述

这是我做过的梦。我那把老旧的钢弓
突然跳进我手里，而我的整个身体

倾斜着弯成了一个竖琴架子
拉开得如此完美，看起来很轻盈。

我看见渡鸦独自坐在
这球体的最高处。我能看见
渡鸦的眼睛在天空的河流里闪着微光
像飘扬的旗帜上的徽章。

我看见渡鸦的眼睛在盯着我
透过天幕上的裂隙。
我用尽全力将弓拉满对准那只眼里的
星星，直到我什么都看不到

除了那颗星。当我调低准星
更深地进入那颗星，它已大到
足以填满宇宙，我听见一个轻柔的声音：
"小心些。我在这儿。别忘了我。"

拼尽全力——我踌躇犹豫。

我们纵然是尘土

我经历过战争的父亲如此沉默
他似乎一直在聆听什么。
我偷听过那条热线。他孤寂的静坐
伤害了我，秘密地——就像电视
看得太久了，神经被光线所伤。
接着，是一副机关枪——
把战壕填满了——不停扫射
一条通道后残留的影像。而他的笑
（那是如何幸存下来的——几乎完好无损？）
总是不够熟练于拉上窗帘
挡住医院的病房，里面挤满他（照下来的）
眼里充满惊恐的哥儿们。

我不得不耗尽大量精力
来克服它。我是在帮他。
我是辅助他康复的人。
他重拾战前的生活乐趣。
然而他所展示的强有力定义
却是一种褪色的蒙太奇——被照亮的景象：
在水坑里打滚的战士们，引得烂泥塘震动不已

那里每次炮弹爆炸都会下雨般撒下
骨头以及一块块部件。
　　　　　　赤条条的男人们
在母亲和姐妹们永远不能与他们目光相遇
也无法目睹他们是如何艰难爬行和被践踏的
地方，瞪着眼睛蜿蜒爬行。

所以他经受了拯救和洗礼。
他的肌肉苍白——大理石般苍白。
他已被狠狠地杀害。但我们却让他死而复生。
现在他教会我们像祈祷一样沉默。
他坐在那儿，被杀害却还活着——这么久了
因为我们很小心。我预感到了，
通过一把梳子，
在他波浪形的金发下面，在我梳理它的时候，
他头骨的脆弱。而我
用他的经历去填满。
　　　　　　母乳之后
这是灵魂的养料。无辜者的大屠杀中
一个肥皂味的幽灵。灵魂就这样成长。
一个怪异的东西，有佝偻病———一只鬣狗。
没有歌唱——那种笑声。

电讯传导线

拿起电讯传导线，一片孤独的荒野，
把它们安装起来。这东西就在你耳中活了。

越过莽原，城镇与城镇悄悄低语。
但这些线却无法躲开风吹雨打。

这般怪异，制作得这般精致
被拿起来把玩。

这超凡神秘的音调
耳朵听到后就消逝！

在这旋转的空中舞厅里，
于荒野上方鞠躬，一张鲜活的脸

从电报传导线里拉出音调
它掏空人骨。

牺　牲

出生在断壁残垣下面。在他长高的时候
他额头的伤痕更深了，层层叠叠。
像悲剧面具。
加里・格兰特①曾是他活生生的替身。

他们说，当他还小的时候会赖到地上
乱踢乱蹬翻来滚去，边蹬边哭喊：
"我要弄断我的腿！我要弄断我的腿！"
直到他把后枕骨磨得光秃秃的。

当兄弟们把绳索、鼹鼠皮、卡其布军服
埋进王朝用苦力建起来的金字塔时，
他宿命的前额沉陷于
西部诸州，俄勒冈小道上的车辙中。

螺丝刀，钻机，凿子，锯子，锤子
没有太大用处。

---

① 英国男演员，出演过《美人计》《西北偏北》等影片，1970 年获第 42 届奥
斯卡终身成就奖。

装着玻璃的陈列柜是他的展品。
他的妻子把他和瓷器一起锁在那儿。

他的笑声在我耳畔震荡。那笑声
是通向自由的一次灵活的撑竿跳。
听起来像个高尔夫球。
他猛地把它打进蓝色天空。

他从不在酒吧喝酒。在他站起身
迈步之前，她已经把软垫扑通放到他脚下。
保持得如此完美。
每周日他们要开车四处逛。

一个坐着轮椅的参孙。铩羽而归
他的梦想膨胀融入前臂
它们表演着肌肉的木偶戏
为的是让外甥另眼相看。他和我

把冬青块打过班克斯菲尔德①——
一个五英寸的螺旋桨攀升入天际线
两三秒——掉到地上。步测出他控制的距离！
人类力量的极限！

---

① 位于英国兰开夏郡富尔伍德的卡德利，为老年人和严重病患提供专业医护。

他突然起身，为三分之一的合伙份额，

挑战他的兄弟们。

共同掌权的妻子们向下竖起大拇指。

兄弟般的关爱——是罗奇代尔①的雨！

是哈利法克斯②的雪！是山谷壁上的星辰！

他炉火旁的逃离

像一匹无鞍的花斑马跨步跳起那样简单

一脚踢在顶棚上，还有那笑声。

午夜过后，他在阁楼里埋头苦干

制作着大量的玩具鸭子

装有木制滚轮，一动就会咔嗒响。

飞行！飞行！

兄弟们闭上了眼睛。他们的下巴在哆嗦：

不列颠哥伦比亚是个适合像你这种人的地方！

未来所在之地！看看澳大利亚——

大声喊着要木制建筑！离开这儿！

在运河上的桥拱上，在霍克斯克拉弗，

一个桶从一辆颠簸的卡车上弹落。

他的摩托车撞在了墙上。

---

① 位于英国英格兰大曼彻斯特郡的一座城市。

② 加拿大新斯科舍省的首府。

"我直接就飞了出去——我掉下来的时候

没有落到运河里！我真的没有落到运河里！
我差点把河堤弄坏了！平生第一次
我不偏不倚地双脚着地！
我的鞋带从上到下都崩裂了！

他的笑声捶打在我的身体上。
当他身下的椅子
把他绊倒，在他的阁楼里，
仲夏的黄昏，他姐姐，在四十英里开外，

因为后颈上挨了一锤大呼小叫。
而他女儿
她哼唱着"吃饭，爸爸"爬了上来，
从梯子上仰面摔了下来。

致绵延岁月

我感到一种奇怪的恐惧，当战争的谈话
像偷袭的连珠炮，靠近你。
我曾东拼西凑地把它组装成一体。
我们的至宝，你的 D. C. M.①——一次次
把伤者抬进来
因虚脱而晕厥。而在你瘫软的时候
一颗引爆的炸弹
正好在面前将你笔直抛起
梦游一样的最后几码距离
随后你的重荷让你落进战壕。
炮弹，其他一些时候，
在你走路时就埋在你的两脚之间
却令人匪夷所思地没有爆炸。
弹片洞，留在你心上——它如何让你晕头转向。
你脚踝上留下的蓝色子弹伤疤
来自一挺横扫的机枪，它曾把你撂倒
在你离开防护墙的时候。与此同时

① D. C. M.，Direct-Current Main 和 Distinguished Conduct Medal 的缩写，前
者指直流电源等，后者指特等军功章。此处应指后者。

这恐惧被传开了，所有人
都听说了他骇人听闻的故事。
然而让我最惊恐的
是你的沉默。你拒绝讲述。
我不得不从别人那儿打听
你所承受和你做过的一切。

也许你是不想吓着我。
现在已经太晚了。
现在我要赖着问你。
然后马上感到不好意思。
我缘何会不好意思？我怎么会承受不住
你告诉我你经历的一切？
为什么你的战争比别人的
要不堪忍受得多？好像再无他人
知道如何去回忆。在某位叔叔
精彩的幸存故事
让我惊叹和发笑之后——
我看着你的脸，你的香烟
像针盘上的指针。而我的头脑
因麻木而停止。

你白天的沉默是种昏迷
从那儿你夜里的梦大喊着兴起。
我能从我的卧室里听见你——
这全部的绝望仍在继续，

无人区仍在哭喊和燃烧
在我们屋子里面，而你又一次
爬出战壕，蹚水回到刺眼的光中

似乎你仍然无法够着我们
带我们进入安全地带。

沃尔特

I　在海伍德①下

那天早上要发动进攻
他们路经囚犯的围栏。
"一个大个子德国人站在铁丝网边，"他说，
"一个大个子德国人，他引起了我的注意。
他诅咒我。我感觉他的眼睛在诅咒我。"

到战场的半路上，一颗子弹
击中了他的腹股沟。
他翻滚进一个弹坑。太阳燃烧着升起来。
一个狙击手的子弹擦着他的额头飞过。
他蠕动着爬向更深处。子弹接二连三
在弹坑边缘打洞，寻找着他。
又一颗子弹擦着他飞过。然后狙击手停下来了。

那天他整整躺了一天。他沿着海茨大道
漫步，从佩克特到米基利，

———————————

① High Wood，法国北部索姆省的一个小森林，1916年索姆河战役期间，这
里进行了两个月的激烈战斗。

一直到米索尔姆伊德（经过埃伍德
他先辈的居住地，经过占据高地的工厂
他未来生活的所在）。往上到运河堤岸，
到瑞德艾克尔，一路到赫布登，
接着往上进入克林斯沃斯溪谷，
到他们以前的营地，在这快活的山谷里。
然后向上越过沙克勒顿山，到维多普，
往回路经格林伍德草原，在哈德卡斯尔上方，
到赫普顿斯托尔——整整一天
他围着山谷转悠，就像那天
他在海伍德下躺在弹坑里一样。

我熟悉他太阳穴上的节疤。

我们站在一块美好的田野上
三月新长的玉米中。他创造的财富。
他生命的希望完结了。我在他身旁
恰好是那个德国人照着他的眼睛
重重地打了他时的年纪
那一击把他和妻子一起打倒了，
然后是他的孩子们一个接一个地倒下。

一阵朦胧的雨刺痛着、笼罩着。
"这里，"他壮起胆子说，"大概就在这儿的什么地方。
这就是他让我停下的地方。我就到这儿为止。"

他蹙起眉头，朝着山上树梢的天际线
像是透过望远镜
看向那残留的一切。

II　大西洋

他一夜又一夜地坐在那儿，
八十四岁，还在讲述同一个故事。
对麻醉剂有着强烈的渴望。
"我早该死，"我曾听他说，"我想死。"

那已经不一样了。
　　　　　　　我们倚着悬崖上的栏杆
那是在颤抖中筑建起来的。
在我们下方，两千五百英里
摇荡的世界重量
撞在英格兰西面的墙上
一阵毫无目的的碰撞。

"唉!"他叹息道。反反复复。"唉!"
揉着他的太阳穴。

他能理解已经发生的一切吗？他紧蹙的眉毛
没有连在一起。熟悉的鹰眉紧锁——
黑暗威严的眼睛。地面畏缩着。
解体的高山

让冰冷的喷泉沸腾，溅我们一身。

镇静剂，

激素，还有一整箱

逃避现实的马德拉酒，碰撞在一起

三个傍晚之前——

它们困住并淹死了

这辅音和元音的神经突触

与生俱有的气息的大三角帆。

我看见他

试图从一把椅子上起身，

目光呆滞，喘不过气，在空气里抓挠，

沉默像根骨头卡在他的喉咙里。

他和一个字幸存下来——最后一个字。

最后那个又长又拗口的字。我听着。

我简直像是听到一个新生儿

茫然的怒号——冷静成"唉!"的一声

缓缓地叹息。像神圣的呼吸。他把它呼出来。

我几乎不敢看他。我观察着。

他已经悄悄地引起我的担心。

一艘受诅咒的婚姻的废船，一个被完全操纵的命运

铸造了他的身体，外表像约伯①那样，

在我的门槛上。怪异的死海生物。

---

① 《圣经》中一个忠信不渝的人，正直，敬神，不做不义之事。

他在自己的废墟里爬行，就像泰门①。
《泰晤士报》的索引是他早晨的酷刑。
神话里枯死树叶的金色家族。
"为什么？"他大声道，"为什么我不能死了算了？"
他的记忆如此锋利——一块陶器碎片。
他抓挠着皮肤，轻声道："上帝啊上帝！"
每个夜晚，护士会用药膏缓解他皮肤起鳞的痛苦。

我带他出来透透气。到悬崖上。在那儿
大海朝着美国——大大地敞开着。
杳无人迹、辉煌的美国！
看，一只游隼——它们太少见了！

什么都联系不起来。
他透过鞋子向下看去
看进混乱的一大片——

黑色、倾斜的岩床向上挣扎着，
嘟囔着崩解。

每一次大海带着水草味的气息
都是一次泰山压顶式的汹涌浪涛。
毫无目的。一声叹息。毫无目的。

_____

① 古希腊哲学家，怀疑论者，皮浪的弟子。

此刻他闭上双眼。他抚摩着
自己的头，一遍又一遍，为了舒缓。
这个磨坊主，这个恺撒，他蹙着眉
把我的童年当成变幻的"罪恶"钱币来抛掷。
他的手指也是我母亲的。它们好像迷了路
在颤抖和失落中
他一遍又一遍地抚摩天灵盖。
大海轰响着叹息着。俯身在栏杆上
他似乎是在触碰一处他不敢触碰的伤口。
他似乎快要找到准确的位置了。
他的眼睑抖动着，在准确的触碰中——

"唉!"他呼出声。"唉!"

我们转过身。接着在他稳住自己的时候，
仍然紧抓着栏杆，他延伸的凝视
和我注视他的目光相遇。我无法逃避
也无法收容。沃尔特! 沃尔特!
　　　　　　　　　我将之埋葬
悄悄地，胡乱地
埋进我的衬衫里。

小鲸鱼之歌

致查尔斯·考斯利[1]

它们是怎样看待自己的
用它们的球形大脑——
是潮汐能的电压照亮了
那些大脑？它们的 X 光全方位

掌握了这个世界的结构，它们的大脑萌发
电子世界的克隆复制品
照亮并重新想象这个世界，
完美校准的接收者和感知者，

每一个都是完整的、震颤的世界
感触着这个世界？它们
是怎样看待彼此的？

"我们很美。我们

---

① 查尔斯·考斯利（1917—2003），英国诗人，他的诗作描绘家乡康沃尔的历史、传说、动物和人。二战中曾在皇家海军服役，是一位海员。他很多诗描绘战争。其诗滑稽、离奇、淘气、神秘、忧郁交织。

在颜料罐里搅拌出自己的色彩
那罐子就是这个世界。
每一次收笔，我们让自己的存在
深入这世界被照亮的实质，

让我们的欢喜深入这世界
旋转的极乐，让我们的宁静
深入这世界飘浮、羽毛般的宁静。"

它们硕大的身躯，回声的腔室，

把各种声息放大
洋流和气流的，大海居民和

星球运转的，
季节的，海岸的，还有它们自己的

随月亮升起的咒语，当它们翩翩起舞
穿越这原始的地球戏剧
它们在里面演出，就像来自泰初，
来自皇室。
　　　　　最高贵、最精华的

激情，最优雅的快乐，
最高尚的角色，最神圣的
大海般的风度和仪态——

最可怕的坠落。

保留地

致杰克·布朗

I　圣诞清晨坐着的公牛

谁把这井口转轮，
损毁却仔细包好
在一些炭黑色的地里，放进他的长筒袜里？
还有他一辈子的夜班———一声嗥叫
从电影胶片里涌出？这是他压瘪的锡罐，
他的头盔。而真正的太阳靠近
变得像一部煤炭的《圣经》
他一举起来就掉渣。非常怪异。
塞进苔藓覆盖的树林，大多是桦木，
是个玩偶的婴儿床。也是个小巧的棺材。

这儿有虎鲸、老虎、鹰
在他的第二本生日拼贴本里支离破碎
远在记忆开始之前。
所有支撑物都被压碎，天花板崩坍了

在他的长筒袜里。托雷莫里诺斯①，克利索普斯②——
资料手册在一阵脾气发作时弄坏了
像她的头发皱缩成一团灰烬
在他的长筒袜里。矿井靴子。也很奇怪，
一座伦敦，胀开，喷出茶叶，
还有一张皱巴巴的雅典卫城明信片。

小教堂、长椅、坏掉的电视机。
（谁扔掉了这些，放进他的长筒袜，
在被水淹了的地下煤窖的煤渣下面?）
粉红色编号和一百万条猎狗项圈——
他索要过这些吗? 一架巨型飞机
打包在装饰着星星、撕开又缝补起来的圣诞包装纸里
上面印有一个水泥地院子
和一堵黑色涂鸦的砖墙
在他的长筒袜里。没有烟叶。一些
兔子和狐狸，破损、遗漏的羽毛。
然而，他感觉自己像个全新的人——

即便有部落的伤痕（煤粉刺出的文身），
即便苍白（沾着污垢，雪莲花般的象牙球茎
被挖出来扔在一边），
即便小伙子中的一个（游牧部落，无名之地的芽苗

---

① 地中海太阳海岸的一个自治市，20 世纪 50 年代旅游业增长之前，是一个
  贫穷的小渔村。
② 英国林肯郡东北部亨伯河口的海滨度假胜地。

在灯泡下培养

在实验室里繁殖

在莫西河①与亨伯河②之间），

他站着，肺叶放松，双手解放——

被来自超新星的花粉轰炸，

两个眼窝沐浴在千禧年里——

脚穿着他的长筒袜。

Ⅱ 夜之声

> "我们的年轻人将永不工作。工作的人无
> 法梦想，而智慧源自梦想。"——苏姆哈
> 拉③，印第安内兹佩尔塞部落首领

她梦见她在梦游呼喊着顿河的名字

解开它的九个圆环

穿过她的厨房她的孩子们

拖把和笤帚而她自己是一个橡皮滚子

没有浸透

但鼓鼓囊囊从它们的细孔里

---

① 英格兰西北部的一条河，可能是古代麦西亚王国和诺森比亚王国的边界，
历史悠久。

② 英格兰北部的一条河流。

③ 19世纪的梦想家先知，与印第安人的梦想者运动有关。

冒出排泄物在乐购①里似曾相识的幻觉

让她感到头晕

她梦见她在梦游呼喊着爸爸活过来

挖出来就是为了

被领养老金的人

推进烧柴火的炉子里

他们低沉沙哑地合唱

当牧羊人们正看着他们的电视

让她心悸

她梦见她在梦游呼喊所有死去的人

围聚

在炉渣堆里错了

地方错了

时间

印第安帐篷　　最后一次休息

为了蔓延的解决方案

每一口矿井

都是一个集体坟冢

她自己在一个可笑的瓶子里

披着运河的荧光

幸存者零余者的消息

这些词语

---

① 　Tesco，英国最大的连锁超市，全球三大零售企业之一。

洗刷着她的手腕和手掌
她抱怨着
一直感受着无助

她梦见她梦游在大街上
每一晚都在呼唤斯大林
像养蚂蚁一样养她
在一个蚁巢里
在一个垃圾桶里
那是他的私人办公室便池
她以为她的天线一定是被弄弯了

回忆着一股纯净的洪流之光
是如何把矿井的烂泥
从他的肩头冲刷掉而她的双手
满是奶白色肥皂花
涂抹着他而在他们的壁炉中
原初的太阳用手指
打开这黑色的
明亮的石头之书
那是他从梦想下面带回来的
抑或是她梦见的吧

III　幽影舞①者

> "我们不是在唱闹着玩的歌。而是像在哭
> 泣，祈求着生命——"　——猫头鹰，狐
> 狸部落印第安人

一个愠怒的男孩。他的歌声震耳欲聋。
身体印着万字符，他的整个体型——是一支舞。
预言的愚人，彻夜，彻日
从一个垃圾堆里找来解脱。

不过是个小子，一声恶魔似的咆哮
在真空里旋转，离地腾空数英寸。

半是痛苦半是喜悦，半是尖叫半是呻吟：
他是对抗自身恐惧的戈耳工蛇发女妖②。
一条狗的阴茎骨穿过他的鼻中隔。
每只耳朵上都晃荡着一套丘伯锁钥匙。

忒墨诺斯③的美洲豹面具——一个时髦的曼荼罗④：

---

① 19世纪末盛行于北美印第安人中的一种运动，其仪式舞蹈象征白人入侵者
　　的消失，已故的印第安人和野牛重返家园。
② 古希腊神话中三个面貌丑陋可怕、头生毒蛇的女妖，看见她们的人会化为
　　石头。
③ 希腊神话中的地名。
④ 密教传统的修持能量的中心。

半是罗亚①，半是嗑了药的奥格拉拉②。

菘蓝色眼镜蛇从他的两个腋窝下出来
盘踞在他的臂弯上，它们的绞力就是他的握力。

手镯，脚镯；少女般，被缚的酒神巴克斯③。
一条脱身术表演者的人行道，上锁的舞蹈。
一个模特般的精灵，头顶着糖衣牙线般的鬃毛
或是光头上顶着的一个闪着霓虹灯的犀牛角，

或是岩石上的鸡冠，或是蓬乱的凤头鹦鹉，
或是一只孔雀满是亮片的头冠。

有蛇一样的脊椎，全是五旬节的颤抖，
这以兆瓦计、北欧狂暴武士一样的灵媒
用他浸透频频闪光的战斗呐喊
从他母亲的子宫里分娩出十九世纪：

在她的孕期内，工厂的恐惧
笼罩了被救出的精华的绝望。

茅茅党④的弥赛亚演绎闪电一击

---

① 海地伏都教的神。
② 美国奥格拉拉族印第安人。
③ 罗马神话中的酒神，与希腊神话中的狄奥尼索斯是一位神祇。
④ 肯尼亚1951年出现的反对英国殖民统治的武装组织。

把帝国的残肢吹得烟消云散。

头盖骨前后反转，心脏内外倒置，

光环笼罩着身体，也笼罩着所谓的灵魂

在此刻的触动下，一支芦笛

从太阳钴蓝色核心发出一声怒号

炸弹点燃，弯成彩虹，原始土著：

"重新开始，这一次不可战胜。"

选自《为公国祈雨》（ 1992 ）

为公国祈雨

致哈里王子殿下

长达五个月的干旱之后
我挡风玻璃上的尘土堆得像冰霜。
视力都长出一层坚韧的薄膜
抵抗强光和微粒。

这时第一批斑斑点点的眼泪痛苦地落下。

大颗、突如其来的雷雨。我感到它们泼洒如雾化的汽油
在克兰米尔裂开的石楠火绒里的蚁群当中。
它们进入溃疡般的坑口
那些曾是河流的深潭。

然后，像深深地吸了口气，我们沉到下面。
雷电把城市揪住、抬升。
雨并没有崩塌般落下。
路面跳起舞，像筛网里的灰渣。

人们受惊奔跑时，我以为是电光闪过平底锅，

很快雨就垂直落下，那么宝贵，珍珠一般。
雷霆是一支铜管乐队，为节庆的市民活动伴奏。
尖叫，匆促。走马观花似的短打。

附近的树苗抬起它们的手臂和脸庞。堆积的天空
动起来十足的市长派头，在楼宇背后，
带着闪电和重击声。它几乎就要过去了
我也几乎期待起天空亮堂起来。不料，像百叶窗的某种东西

猛地一拉，嘎嘎作响——整个郡县暗了下去。
紧接着雨动真格倾盆而下。你急急忙忙跑进车里
像一簇湿透的灌木把氧气搅散。
温暖的大西洋之水多么沉重！

车顶被捶击着。大教堂跳进跳出
在那显然已经着火
并已然失控的天堂里。
一个穿着高跟鞋的女孩儿，手提包举在头上，

冒险穿过广场被点亮的碎石。
我们看着碎浪拍打在她身上，汽车在颠簸。
护栅，排水沟，在余浪里抓挠。
她继续向前。雷鸣霹雳的

高射炮和榴霰弹
打在墙上和屋顶上。还是个游泳运动员

她急速游离，进入海的烟雾中，
车头灯在那儿摸索着。

雷霆已经在分解荒野。
它把突岩①拉到城市上空——
把地图上的大块连根拔起。冶炼着的矿石，粉的、紫的，
溅泼着蜿蜒而下

进入沸腾的大海
在那儿埃克塞特②抱成一团——
一艘小小的拖网渔船，把网撒出。
"想想大麦吧！"你说道。

你回想起早先的收成。
而我却想起了
那喜悦的哭泣——
搏动

在钱恩斯③岩壁上的青苔里，
在巴勒河收缩了的沟渠里欢跃的幼虫当中，它们的细丝在天
　光搅动之下，像螺旋桨那样模糊不清，

---

① 指小山上岩石的顶部，尤其指英国英格兰西南部的突岩。
② 英国英格兰西南部城市。
③ 巴勒河从英格兰萨默塞特郡北部埃克斯穆尔的钱恩斯流出。这条河与巴勒
　河谷被认为是具有特殊科学价值的生物遗址。

在林恩河①双生的峡谷里，清理着它们的喉咙，让它们嗓音
　　变得深沉，开始听对方
背诵那遗忘的激流，

还有那防波堤，一条水沟哽咽的低语
唤醒那小银镇凝滞的营地，那弯弯的橡树和杨树
吵吵闹闹一阵骚动，浑身泥泞的公牛
隆隆作响的牛车，

还有那红色的渗流，生活的烟雾
把它的光环压低进陶乌，

还有托里奇区②，起身去接吻，
钻进溅洒的水花里，犹如新生，
一个洗净的小天使，抱紧光的乳房，

还有奥克蒙，推着她的洗涤剂瓶子，拉着她的尼龙长袜，开
　　始滚动她的百事可乐罐子，

还有泰马河③，在五十英里的鼓声下醒来，眨巴着眼，
大声宣读她的传奇——她锈迹斑斑的骑士们从他们泥土的拱
　　顶下蜂拥而出，她从小贩那儿收集起来夹紧罐头的装置，
沿着里德、卢、沃尔夫和斯拉秀尔的苍老岩石一路欢呼，

---

① 林恩河位于埃克斯穆尔。
② 英格兰北德文郡的一个地方行政区。
③ 英格兰西南部河流，德文郡与康瓦尔郡界河。

还有塔维河①，撞在石英堆上发出刺耳的声音，感受着荒野
　　的改变
冲洗着她干瘪的嘴，品尝着锡、铜和臭氧的味道，

还有那幼小的厄姆河，在旋风那头重脚轻、摇摇欲坠的海战
　　里，让停车杆的零碎部件漂浮起来，

还有达尔特，她那粗野邋遢的一群
骑着无鞍的矮马下来，带着尖叫，
解开羊皮旗帜，撞击着花岗岩，
推倒花楸果，震慑着橡树，

还有特恩②，在她的洞穴里震惊
因欧洲蕨的雨中舞
还有吉德雷下面天堂的回响，

还有艾克西最高的水潭，她的线圈在天空的震动下退缩
那儿一道漫天散开的闪电
让一头正喝水的雄鹿猛地抬起头——

我们行进的时候，挡风玻璃上的雨刮在游泳。
　　　　　　　　我想象两块荒野
两只石器时代的手

---

① 英国德文郡达特穆尔的一条河，以村庄命名。
② 英国德文郡一条河，意思是"小溪"，发源于克兰米尔湖。

杯状，漫溢，举起，一件贡品——
我想到了其他的那些不同的闪电，那些忍耐的、饥渴的人们

在克劳岛①下面，在比迪福德酒吧里，
在汉莫阿泽②的锚链之间，
在上千条瑟瑟发抖玻璃纤维的船身下
在湾港点里，在内斯之下

排成一线，在大牛山中：

鲑鱼，在雷霆的深处，
一次次被照亮，隐约可见熄灭的火光，
悬停中扭动它们的微光，
抓住那搅动的时机，开始行动。

---

① 英国德文郡西德文区一个乡村民间教区，位于达特穆尔国家公园内。
② 英格兰西南部北德文郡一个历史悠久的港口城市，是托里奇区的主要城镇。

未辑诗

旧　账

"疯笑"，你妹妹——她灰白的鬈发
像电击后的发穗放射开来。
而你却是加倍隆起
满是烟垢的两百英亩地产里的
逆火之心。
阿利克斯崩溃了。斜着眼，令人同情，
呆滞，被收养的阿利克斯！
那天早晨在堆栈上——你
在一种德国独裁者的狂暴中，
你煤层截面一般的词汇
在一阵烈焰中腾起！
阿利克斯再没回来。
到头来你又如何呢？
黑猩猩，吊甩着爪子，
踉踉跄跄，矮小的食人魔。
我堕落的伊甸园里的耶和华。
下颚突出，长着刚毛的面颊——
黑猩猩。那令人眼晕的怒容——
黑猩猩。肩头翅膀的断茬
突起在西服背心里

磨成了金属——

黑猩猩。盖上油布，

不停地啃你的手腕，

冷冰冰快解体的靴子——

你不受约束的指关节晃着

在挡泥板上松懈了

或是伸出来指着我

发茬里发着光，惊人，

漂亮的碎片。

你唾沫翻飞的咒骂，

在未打磨的银器中间被截断，

你本会给我那该死的农场！

没什么顽固过头的，

弗格森的脑子，在粉红的石蜡上延续，

在黑暗中立起，顶进母牛的胯部

在多尼尔的抽动下，

凝视着温暖的水沫，

带着水桶和提灯蹒跚而行

在谢菲尔德①的漫天红霞下，

用声音打断你的劳工们——

皇室接连继位的乔治们！

一切都是为了什么？

崩塌在谷堆之间，

又立起来，跳着启动你的旧引擎

---

① 英国城市，英格兰中部的工业城市。

用你的随身酒壶，
吊起头重脚轻的堆谷场
一个又一个夏天。有多少马儿
在麦麸粉尘里筋疲力尽？有多少拖拉机
被用成废铁？你又如何了呢？
没人可以坚持下去。
唯有一事是肯定的。
你安息的某个地方。

最后 1/5 的兰开夏郡^①燧枪兵

一件加利波利登陆^②的礼物

父亲雀跃着穿过院子的鹅卵石

看，像只鸟，一只水鸟，一只鹬越过砾石

我们大笑，像信号旗飘扬的战舰。

重型设计，深深嵌入海水

战舰上鼓起的帆在飘拂。

这是战舰的节日

这儿战争只是个概念，就像溺水也只是个概念

在海浪的褶皱里，在哀悼的

送葬队伍里，变宽的尾波

追随着一艘失去动力的船。

战争是个概念，在大炮罩着的炮口里。

在灰色、如狼一般的轮廓里。

战争是种粗枝大叶的健康，就像心跳

---

① 英格兰西北部的一个郡。

② 加利波利之战是一战中在土耳其加利波利进行的一场战役，协约国先后 50
万士兵参战，战斗接近 11 个月，是当时最大的一次海上登陆作战。

在水兵们舒适的身体里，感受着这巨大的引擎
在紧急事态之间低速运转。

这就是留给父亲的
他已化身成一只鸟。
他曾把战争放进满满一品脱的大杯浓茶里
他喝下它，放了很多糖。
这就是他的全部
在防护矮墙下，在潜望镜和瞭望台下
在阿奇巴巴^①下，在五百亿蚊虫中。

如今他已化身成一只长喙、蜘蛛腿的鸟
背弯如弓，在霜冻的鹅卵石上找寻着立足之地，
一只涉水禽鸟，在浅滩上捡拾着珍品。

他的儿子们不知道他们为什么笑，透过窗户望着他
回忆着，回忆着他们的笑声
他们只想流泪

大战之后

毫无意义的大战

巨大的毫无意义的哭泣。

———————

① Achi Baba，由土耳其加利波利管理，一战加利波利战役期间，阿奇巴巴是
土耳其人防御的主要阵地。

周年纪念日

我母亲在她火焰般的羽毛中
变得更高了。每年五月十三日
我见到她和她妹妹米里亚姆。我捡起
被撕掉的那页日记，我兄弟曾在上面草草写下
"妈今天死了"——而她们就在那儿。
她现在跟米里亚姆一样高了。
在这永恒、持续的礼拜天早晨，
她们一起从容散着步
聆听着云雀
在她们的活动轨迹里鸣叫。宇宙的运行，
物质以及反物质的
创造和毁灭
脉冲和闪耀，震颤和消逝
像她们羽毛里的北极光。

我母亲正向米里亚姆讲述
她生活的故事，那也曾是我的。她的声音传来，尖嗓门，
顺着林地一条深深的峡谷回荡着：
"这就是水位线，在我衣服上留下暗痕，看，
我就是在那儿把他从水库里拉出来的。

而那就是那匹马
我曾骑着它飞奔穿过砖墙
越过石楠丛，只为
给他拿一支新笔。就是这支笔
我把它放在圣坛上。而这些
是他和他兄弟的集体婚礼
我没有一次成为宾客。"接着很突然
她手抓火红的煤块撒着
想要找到我第三次
摔落的地方。她无助地大笑
直到流泪。米里亚姆
她十八岁时死了
就像圣母玛利亚般带着纯粹的好奇
倾听着她错过的一切。此刻我母亲
向她展示那念珠般没完没了的烦恼的祈祷，
像一双双鞋，或是一件接着一件的衣服，
"就是这类事，"她说着，
"我曾喜欢穿最好的。"还有："很多时候，
你知道的，就只是坐在窗边
望着地平线。真的
多好啊，一日又一日，
知道他们在某个地方。现在依然如故。
看。"

她们停下来，
在闪烁星光的露水边。她们正看着我。

我母亲，随她越其黯淡的生命，
她红色的印第安人头发，她的皮肤
如此奇怪的橄榄色如此地超凡脱俗，
米里亚姆此刻是她身旁透明的火焰。
她们的羽毛轻柔颤动，色彩斑斓。
我母亲的脸在闪闪发光
就像她把脸放进天边的风
看向我。我是为了她做这事儿。

她在用我来更精密地调校
她对我兄弟哭泣着的爱，经由我，
好像我是他走近时投下的影子。

就像是当我越过田野和围墙一英里
走近她，看见她在为他哭泣——
可以隔着那距离把我想成是他。

乔 叟

"当那四月细雨如丝

把三月的干旱连根刺穿……"①

用你最大的声音，你在阶梯的最高处摇晃，

你举起双臂——有点为了平衡，也有点

是为了抓住你想象中的听众

紧绷的注意力的缰绳——你对着地里的奶牛

大声朗诵乔叟的诗。而春季的天空已经这样做了

用飞舞的浆洗衣物，还有荆棘、山楂树和黑刺李

新长出来的翡翠绿，你从纯洁的心灵

毫无征兆地一把抓起

那些盛满香槟的酒杯中的一杯。

你的声音越过田地传向格兰彻斯特②。

听起来一定是迷失了方向。然而奶牛们

观望一番，紧接着靠拢过来：它们欣赏着乔叟。

你一直持续着。这里就是

吟诵乔叟的原因所在。接着出现的是巴斯③妇人，

所有文学作品里你最喜欢的角色。

---

① 乔叟的诗句，出自《坎特伯雷故事集》，原文为古英语。

② 英国剑桥坎姆和格兰塔河畔的一个村庄。

③ 英国古城，是英国唯一列入世界文化遗产的城市。

你全神贯注。而奶牛们被深深吸引了。

它们用肩头推推搡搡，围成一圈，

凝神注视着你的脸，偶尔打个响鼻

以示惊叹，重新开始它们惊异的注意力，

耳朵调整着去捕捉每一个语调的变化，

始终与你保持六英尺的敬畏距离。

你简直不敢相信。

你不能自已。如果你停下

谁知道会发生什么？它们会不会攻击你，

因受到沉寂的惊吓，抑或是想要更多——？

所以你不得不继续。你继续下去——

而二十头奶牛入了迷似的和你待在一起。

你是如何停下来的？我不记得

你停下来了。我想象它们摇摇摆摆地走开了——

转着眼珠，就像是把它们从饲料边赶走。

我想象是我轰走了它们。然而

你对乔叟自然沉着的演绎

已成永恒。随之而来的

我发现我太过专注了

不得不回还忘却。

你恨西班牙

西班牙让你害怕。西班牙
我在那儿感到自在。那血色刺痛的光，
涂着油凤尾鱼般的脸，所有的事物
都带着的非洲黑棱，让你害怕。
你接受的教育不知何故漏掉了西班牙。
那熟铁烤架、死亡和阿拉伯鼓。
你不懂这门语言，你的灵魂里
没有这些符号，而它们连缀起来的光
让你的血液枯竭。博施①
伸出一只蜘蛛般的手你握住它
战战兢兢地，一个穿翻边短袜的美国人。
你向下正好看见戈雅②葬礼上的咧嘴笑
你认出了它，你躲闪着
像你的诗畏缩成一阵寒战，像你的惊惶
向后攫住远在美国的大学。
于是我们像游客一样坐下看斗牛
看着不知所措的公牛们被笨拙地虐杀，

---

① 荷兰画家，其作品充斥着半人、半兽的生灵和妖怪，象征人世的罪恶和荒
唐，他的风格预示着超现实主义的兴起。

② 西班牙浪漫主义画家。其画风奇异多变，是一位承前启后的人物。

目睹脸色发白的斗牛士，就在我们下方的

围栏边，把他折弯的剑挺直

恐惧让他呕吐连连。而牛角

深埋在被顶翻的骑马斗牛士

戳破的肚子里的绿头苍蝇当中

那就是在等着你的东西。西班牙

是你梦里的这么一片土地：那血红尘土裹着的死尸

你不敢唤醒，那缩拢的截肢

没有哪一门文学课程美化过。

那护符般的土地在你的非洲嘴唇后面。

西班牙是你拼命想醒来挣脱

却挣脱不了的地方。我见你，在月光下，

漫步在阿利坎特①空荡荡的码头上

像个鬼魂在等候渡船，

一个新的鬼魂，还没明白过来，

以为你还是在幸福世界里

度着蜜月，用你整个生命去等候，

快乐地，还能找到你所有的诗。

_____

① 西班牙东南部的城市，是一个历史悠久的地中海港口。

陶制的头

是谁给你塑造出赤陶的头？
某个美国学生朋友。
真人大小，嘴唇半噘着，毛糙的边
还有带壳的装饰品——一次自然主义尝试
一个不成功的肖像。你不喜欢它。
我也不喜欢它。不安吸附在它上面
一个有悖常理的仪式。是什么让我们迷了心窍
把它放进你红色的水桶包，带在我们身边？
十一月沼泽潮湿烟雾朦胧，河流展开
黑色的漩涡，摆渡着细长的柳黄。
修剪过的柳树披挂着自在的鹿角，
枝丫角，叶子落光了。就在那边不远
那儿田野变开阔，小径直直地拐向右边
错过了河流和谜一般的格兰彻斯特庄园，
一棵被选中的柳树垂向河水。
在头的上方，一个愈合的红玄武土伤口留下的窝，
瘦小的胯部，近乎一只猫头鹰的门廊，
为你的替身做了个神话般的神殿。
我把它笔直地立起来，稳稳地。一棵柳树

就是一根神柱①，你的头，望着东方
透过那些工具凿出的瞳孔。我们离开它
去经历尘世的生活和风雨，直到永远。

你在诗歌里为它翻遍百科全书，
掩盖住它的镜像，把你自己合辙押韵进苟安
远离它被遗弃的命运。
然而它却不会离你而去。数周后
我们不可能是貌似无意地撞见那棵树。我们没有
花力气去寻找——只是在路过的时候。
你已经不需要去担心，即使它已经不见了，
什么样的巫术会相中它呢。你再也没有
多说一句关于它的话。
　　　　　　　　　　发生了什么？
也许什么也没发生。也许
它还在那儿，代表着你
看旭日升起，并快乐地
在它冰冷的田园牧歌里，嘴唇微噘着
仿佛我的触碰才刚刚离开它。
又或者男孩们找到了它——还把它打碎？
抑或是连树也最终下跪了？
肯定是这河带走了它。肯定地
这河就是它的小教堂。还把它留下了。肯定地
你不死的头，在窑里烧过，

---

① 原文为 Herm，指上面印有赫耳墨斯头像的方形石柱界碑。

最后终于面对面，亲吻着天父
在这康河的底部沾满了泥，
认不出来也解救不了，
我们所有的担心都被冲走，完全的，
在这污浊又哀伤的流水下面，
唯有在夏天得到些致意，来自小平底船
载着的阴影驶向它们的蜂蜜
和停止的时钟。
　　　　　　　　　　不幸。
那是你对那颗头的称谓。不幸。

脆弱之地

你的太阳穴，挤满头发的地方，
是脆弱的地方。有一次检查
我掉了一把锉刀
在一个十二伏电池的两极上——它炸了
像颗手雷。有人把你连上电线。
有人推手柄。隆隆声中
他们把雷电劈进你的头颅。
他们穿着褪色的外衣，脸色苍白，
再次犹豫不决
要看看被绑住的你怎么样了。
你的牙齿是否还完整。
放在校准手柄上的手
再次毫无感觉
除了毫无感觉地推动手柄所感到的
知觉上的一点蠕动。恐惧
是你的阴云
等候着这些雷电。我见过
砰的一声一根橡树枝被截断。

你是你爸爸的腿①。多少次发作

你忍受这个神明拖拽你

抓住你的发根？巨响声

逃回云端。是什么升腾起来

蒸发掉？在那儿聚雷针留下铜色的泪

神经甩开它的皮肤

像个燃烧的小孩

从炸弹的火光里奔逃出来。他们扔给你

一段坚硬弯曲的电线

穿过波士顿城市电网。

参议院里的灯光暗了下去

当你的声音猛地钻入

恰好穿过上了门闩的狭小地下室。

多年后露面，

过度曝光，像张 X 光片——

脑图谱依旧有黑暗斑点

伴随你静修的

焦土般的伤痕。而你的话语，

背着光的脸

在它们内部坚守。

---

① 普拉斯在诗歌《爹地》中曾写道："……黑色的鞋子，/我像只脚在其中生活了/三十个年头……/爹地，我早该杀了你。/我还没来得及你却死了——"（转引自广西人民出版社出版、陈黎译的《精灵》）。

黑色外套

我记得出门去那儿，

远处的潮水，北海岸的冰风

直切入血液至深处

让我返回——那边缘之外的乡愁，

美好的感觉。关于我的黑色外套

唯一的回忆。填进那濡湿的沙坑。

我那时正凝望着大海，我想。

努力独自一人去感受，

只有我自己，那锐利的边缘——

我和大海这块巨大的白板①，

似乎我往回走的脚印

离开那闪光的纱幕、那地平线宽的抹布，

也许是个全新的开始。

我的鞋印

是我唯一的标志

是我与大海

最简单却令人满意的讨论。

---

① 哲学术语，认为人出生没有内置的精神内容，所有的知识都来自经验或感觉。不同于天赋论的观点。

记下我的话，留给大海纤细的舌头
去诠释。人听不见。
一种疗法，
这些指令此刻对我而言太过复杂，
但被存放进了我的黑匣子以备后用。
像是把炸薯片
喂给一只野生的鹿
正如你在那张照片里所做的
你朝着我和相机大声地回话。

因此我没意识到
我已进入望远镜的视野
狗仔摄影师
把窝筑进你棕色的虹膜。
也许你也没意识到，
离得那么远，可能有半英里，
正看向我。望着我
把大海的边缘控制住。
没意识到
那重叠的影像，
你眼睛内置的二次曝光
那是你内心双向复视误差
投射出来的，
鬼魂般的身体以及朦胧中被看透的我
是如何成为唯一的焦点，
边缘锐利，十足的靶标，

摆得像个诱饵
顶着那冰冻的海
从那里你死去的父亲刚刚爬出来。

我感觉不到
当你的眼瞳收紧的时候,
他如何偷偷地溜进我的身体。

像基督那样

你不曾想像基督那样。就算你的父亲
曾是你的上帝，再无其他，你不曾
想像基督那样。就算你曾行走
在你父亲的爱中。就算你曾瞪眼
看着陌生人一样的母亲。
她跟你有什么关系呢
不就是引诱你离开你父亲吗?
当她一双半睁半闭的大眼
将它们的月亮降到如此之近
应许你所见到的地球
你的命运，而你大喊
退到我后面去①。你不曾
想像基督那样。你想要
和你父亲在一起
无论他在哪儿。然而你的肉体
堵住了你的路。然而你的家
它曾是你的血和肉
令之不堪重负。于是一位神明

---

① 原文引自《圣经·路加福音》：Get thee behind me。

只要不是你父亲
就是个伪神。然而你不曾
想像基督那样。

上　帝

你曾像个宗教狂热分子
却没有神明——不能祈祷。
你曾想成为一名作家。
想要写作？你内心有什么
不得不讲述的故事呢？
这一定得讲的故事
就是作家的上帝，他从梦里
呼唤，听不见声音："写吧。"
写什么？
你的心，撒哈拉的中心，虚无中的
愤怒。
你的梦空无一物。
你俯身在书桌上
为一个拒绝存在的故事啜泣，
就像对一位不存在的上帝
做一个无法祈祷的祷告。
一个死去的上帝
和一个可怕的声音。
你曾像那些沙漠里的苦修者
他们让你着迷，

在上帝如此折磨人的真空里
炙烤着
它吸走小妖精，从他们的指尖，
从太阳竖井的柔软微粒，
从面无表情的岩石脸孔。
他们窒息、不育的祈祷
曾是个上帝。
你空虚的恐慌也是——一个上帝。

你为他献上诗篇。最初
是那空虚的小瓶子
你恐慌的眼泪掉在里面
它干涸后留下结晶的光谱。
你睡梦中的盐的结层。
像露珠一样的汗水
在一些沙漠的石头上，破晓之后。
献给缺席的祭品。
微不足道的献祭。很快

你通宵达旦的无声怒号
把它自己变成了你的上帝的
一个月亮，一个燃烧的神像。
你的喊声背负着它的月亮
像个妇人背负着死去的孩子。像个妇人
给死去的孩子哺乳，弯着腰
用她指尖的泪滴去润它的嘴唇，

就这样我哺育你，你哺育一个月亮
那是个人但是死的，令你枯萎
让你像一块磷一样燃尽。

直到孩子有了动静。它的嘴有了动静。
血液从你的乳头上渗出，
喂给它的一滴血。我们喜出望外的时刻！

这小小的神明飞上了榆树。
在你的睡梦里，眼神呆滞，
你听到了它的教诲。当你醒来
你的双手动了起来。你万分惊恐
看着它们做出新的献祭。
双手沾满鲜血，你自己的鲜血，
而在我的那些血块里，
被织入一整页的故事不知缘何
是从你身上滑落。一个胚芽的故事。
你无法对之做出解释
也说不清是谁从你手中取食。
这小小的神明夜晚在果园里咆哮，
他的咆哮有一半是笑声。

你白天喂养他，在你头发的帐篷下，
在你的书桌上，在你秘密的
精神住所里，你轻声低语，
你用手指在拇指上轻轻敲打，

摇动温斯洛普的贝壳为了听大海的声音，
你还给我一幅画像———根鼠尾草
印在一本路德教的《圣经》里。
你无法对之做出解释。睡梦已然敞开。
黑暗从里面倾泻而出，像香水。
你的梦已经冲破了它们的棺材。
蒙着眼我擦燃一根火柴

在你的精神住所里颠倒着醒来
动弹着并不属于我的肢体，
讲述着，用并不属于我的嗓音，
一个我一无所知的故事，
你照管的火发出烟雾
让我头晕
我糊里糊涂点燃的火焰
在氧气喷口里白热化
那是你魔咒般的轻声低语。

你把你母亲的没药
把你父亲的乳香喂给火焰
你自己的琥珀和火舌
讲述了他们的故事。突然间
大家知道了一切。
你的上帝闻到了油腻的恶臭。
他的咆哮就像你耳中的
一个地下室熔炉，地基里的霹雳。

然后你愤怒地写着，哭泣着，
你的欢乐是火焰烟雾里的
一个恍惚的舞者。
"上帝通过我在说话。"你告诉我。
"别那么说，"我喊道，"别那么说。
那是非常不幸的!"
我坐在那儿，起泡的眼睛
在你献祭的火焰中
它最终也点燃了你
直到你消失，
爆发成
关于你上帝的故事的火焰
他拥抱了你
你妈妈还有你爸爸——
你的阿兹特克，黑森林
作为痛苦委婉语的上帝。

狗在啃食你母亲

那不是你母亲，而只是她的尸体。
她跳出我们的窗户
摔落在那儿。那些不是狗
看起来像是狗
在拉扯着她。还记得那条瘦骨嶙峋的猎狗吗，
它跑过巷子高高举着
一只狐狸皮开肉绽，晃荡着的
气管和肺。现在看看是谁
会在街道尽头跳下，四脚着地
欢蹦乱跳地跑向你母亲，
拖拽她的遗体，它们的嘴唇
像狗嘴那样抬起
到新的位置。若要保护她
它们会把你当成是她的一部分
也会把你扯烂。
它们会觉得你的每块肉
和她的一样汁多味美。为时已晚
没法挽救曾经的她。
我在她摔落之地埋葬了她。
你在坟墓边玩耍。我们放置了

海贝还有脉络清晰的鹅卵石

是从阿普尔多尔带回的

就像我们是她自己。但是一种

鬣狗带着渴望逆风而来

它们把她刨出来。此刻它们

在她丰饶的尸体上

大快朵颐。甚至

把她墓碑的正面都咬下，

一口吞掉坟墓的饰品，

囫囵吞下那些秽土。

　　　　　　　　所以别管她了。

让她成为它们的战利品。去把你的头

裹进布鲁克斯山脉中

白雪皑皑的河流里。

用来自纳拉伯平原的滚滚云层

捂住你的眼。让它们

甩动尾巴尖和鬃毛

在它们的宴席上呕吐。

　　　　　　　最好这样看待她

她胸怀圣洁的爱，铺展在高台上

方便秃鹫们

把她带回太阳。想象

这些啃咬着骨头的嘴

它们是为甲虫干苦力

它们会把她推回进太阳。

他　者

她拥有太多，于是你带着微笑拿走了一些。
她所拥有的一切
你却一点儿都没有，于是你拿走了一些。
一开始，只是一点点。

她还是有很多，让你觉察
你的空缺，这是天性所憎恶的。
于是你拿了个够，以天性之名。
因为她十足的运气让你觉得不走运
你平衡了天平，这意味着
你现在也有一些了，给自己的。
这看起来才像是公平的。她的野望依旧
享有天生的权利让你烦恼
觉得像一张撕掉的纸，被扔进篓子里。
总得有谁，以诸神之名，
去教训那种傲慢。
一点点憎恨让情绪镇定。

她赢得的一切，因之而起的欢悦，
你收集起来

用来补偿

自己的失败。这完全不会给她留下

任何东西。甚至连她的生命

都被困在你拿走的一堆东西里。她一无所有。

你看破发生的一切时，为时已晚。

她死了都无关紧要了。

现在你有她曾拥有的所有

你拥有的太多。

                        只有你

看到她微笑着拿走了一些。

一开始，只是一点点。

吊　坠

在雅歌中入睡和醒来
你半入极乐。然而间或
碰巧像个哈欠，你会打开
死亡，沉思它。

你的死
全然在你的掌控之中
就像是你困住了它。或许不知何故
你的某部分给了它，作为它的食物。
如今它是你的稀有宠物，
你的密友。不过还有谁
会在双乳中间的吊坠里哺育它呢！

面带微笑，你把它托起。
你在项链上摆弄它，以此逗弄生活。
它借给你神秘的力量。一个秘密，有点蓝，
恶魔般的闪亮
当你微笑着轻咬吊坠的时候。

我读到过一根燃烧的十字架

如何能在一位老姑娘的梦里变大变亮。

但是在你的吊坠里转动的，是一把弯曲的钥匙。

它在柏林把你的门封死了

带着灼伤的烙印。你分毫不差地知晓

你的死亡长什么样。它是个长而冰冷的烤箱

一个纳粹万字符把它锁上①了。

吊坠一直打开着。

我想关上它。你会笑。

它的唇一直分开着——只是条裂缝。

卡扣似乎出了毛病。

谁能猜到它想要说什么呢？

你的美，一个民间故事里的赌注，

是死后出版的四分之一个世纪。

在我歪曲我们的未来时，它在继续

对着我失聪的耳朵低声细语：**既成事实**。

---

① 原文为 locked，与 locket（吊坠）构成语言游戏。

口　音①

你的德语

获得了英格兰的高级资格证书

是你母亲（在窥探未来的时候）

通过邮政订单，从福特纳姆和玛森②买到的。你的希伯来语

靠蝙蝠和蜘蛛存活下来

它们在游击队的神父洞里

在你的舌头下。虽然如此，

在伯克郡长周末的桌边，

在头晕眼花的沉寂里，你的颊骨

（来自黑海，玫瑰在那儿盛开三季）

被冲刷得更加乌黑——

被英国猎犬盯着

它们的尾巴已停止摆动。当嘴唇抬起，

阿尔泰山③的贸易路线

在你的恐慌里纠结，把你绊倒。那是

边境习俗的瞪视。

---

① Shibboleth，一个词，基利德人用来鉴别逃亡的厄弗雷姆人，看其能否正
确地读出这个词的音，因厄弗雷姆人发不出 sh 音。
② 一家位于伦敦市中心的百货商店，在世界各地都有分店。
③ 斜跨中国、哈萨克斯坦、俄罗斯、蒙古国境的山脉。

盛气凌人的鼻子像枪管
指着被绑住的什么东西。
然后慢吞吞地说：
"一点儿焦油刷？"
你在那儿看到，
你孤独的鞑靼之死，
被包围，"一声不吭
像绑在托尔斯泰马背上的狼"。

雪

雪正在下。在你闪光的黑狐皮帽里
雪花粘住并融化了。
柔和的吊灯，莫斯科歌剧
鬼魂萦绕的残骸。雪片停歇
在石楠尖上失去支点。一段没有终点的
漫步，顺着铺满鹅卵石的小山往下
进入虚无之火的烤炉。
在陨落的天堂当中。一小段路
永远没有终点
也还没有终结。往下，顺着
空气里燃尽的
浓稠、松软的絮凝物
下面的生命。焦黑的楼宇之间
改造成封闭的咖啡馆和勃朗特礼品店。
离它们很远的地方，星群
穿过犹大之地的荆棘陨落，
掉进奔宁山绵羊的羊毛里。
在你校友的脸上变深，
在他们被雪覆盖的罐子旁，被锁进大草原
那儿的淤泥再次被冻结

当他们喝着咖啡时。你逃开了
深深地钻进不断落下的雪片中。它们
粘着你身上的炭黑色起皱的马驹皮衣。
言语似乎是温热的。它们
融化在我们的嘴里
不论是什么都尝试着吸附。

      倾斜的雪
把你裹紧在它的大氅下面，带你离开
下山。回到你来的地方。

我望着你。感受着雪的触摸。

它已经开始掩埋你的脚印，
拉着它白色的被单盖上一切，
合上你身后的空气。

民间故事

他不知道她在渣滓堆里长大。

她知道他一无所有。

于是他们翻腾着彼此。他想要的

是金子，写着黑体字的裘皮

用隐基底的金钱豹毛皮做成。

她只想要那个逃亡的奴隶。

他想要的是屠格涅夫的椅套。

她想不带护照逃跑。

他想要的是巴赫

在阿拉伯的特色喉音。

她想要不带枪的敌人。

他想要亚细亚的七大宝藏——

皮肤，眼睛，嘴唇，血液，发髻

大体结成七面不同的旗帜。

她想要静默的纹章

用华美的墙边紫色的山毛榉做成。

他想要卡巴拉的犹太恶魔[①]

① 希伯来教义：犹太原旨主义者神秘教义的一种集合体，基于对希伯来《圣经》的神秘解说。

带着装满骨灰的塑料袋。

她只想要正午时分

岛上一片树叶下面，支架破损的轮形窗

留下的阴影。她想要

一个像伊甸园一样实在的同心结，好似两只沙蟹

和橡子的一个孩子。

他想要芝麻酥糖般的母亲。

她想要山涧流水的虚静。

他想要自己的思想头绪。

于是他们翻腾着彼此

为那无法找到的一切。他们手指交合

角着力，像火焰

在噼啪作响的荆棘中

那都是他们没有的——

        当午夜钟声响起。

第131号①

升 C 小调第 131 号
在空气里
打开大门，通过它
恐惧蜂拥而至。旅店房间里的这扇门
窗户上的窗帘，甚至是
这挡着窗户、朴实得不起眼的日光
都在错误的维度里
试图将之排斥在外。那复调
向后摁住身体的襟翼。赤裸，无名，
心脏在那儿剧烈跳动，像个胎儿。
关乎命脉的音乐在哪儿？都发生了什么
那慰藉、祈祷和超然——
那与痛苦中心的
选择性失联？黑暗的虫子
用它们的乐器攻击
蹦跳着穿过你不设防的身体
似乎你已经遗弃了它。贝多芬

---

① 即贝多芬的《升 C 小调第十四弦乐四重奏》（op. 131），是贝多芬最喜爱的
晚期作品，复杂的室内乐曲子。全曲包括七个乐章，是一个由梦幻到现实
的过程，听起来似乎没有终点，犹如一场惊人的旅程。

崩溃了。你紧张的聆听
或许是为了在这感应的算术中
让分离消解为
纯粹的零，为了让声波粒子
宣告节奏的中止
无关紧要。贝多芬
努力尝试着修复
他那沉默的巨大星群
它在风中摇曳闪耀。
然而这些音调，和它们尖利的脸，
已成功把你掠获，
每一个都带着与众不同的一段，
带入宇宙的各个角落。

家　世

你不得不脱下德国
这挺括的衬衫，上面带着十字形闪电
进到地下。
你被迫脱去以色列
这用仙人掌茸毛织成的紧身胸衣
那是为了能防弹，进得更深。
你不得不脱下俄罗斯
和那些为纪念尤金·奥涅金
而戴上的耳环。为进去得更深。
你不得不脱掉英属哥伦比亚
还有这鱼皮防水实体模型
得自罐头厂，上面是
豪猪刺传达的情色图样，它刺穿了你
伴着你，当你进得越深
它刺得越深。
最后你不得不脱下英格兰
还有你的结婚戒指
为进去得更深。
　　　　　　　然后你突然被抛弃
被你藏到一张折纸

放进抽屉最里面的

所有宝石、红宝石、翡翠所抛弃——你曾以为

这些在最后关头能护佑你，

乌陵和土明①。它们怯懦地

在哭泣的碎片里四下散落

当你自己的手，比你哽噎的呐喊更有力，

把你的女儿从你身边带走。她被从你身边夺走，

那挂在你脖子上的最后一件衣饰，

那在你和床之间的

唯一的遗物

在那地下世界

伊娜娜②在那儿

须得一丝不挂地躺着，在地层之间

它永远都打不开，除非是像一本书。

---

① 古代犹太教大祭司装在胸牌内用作占卜的宗教物品。

② 苏美尔人的爱、生育和战争女神。死而复活的女神，现流传着"伊娜娜勇闯冥界"的神话。伊娜娜身着华贵的装饰和衣物去冥界探望她姐姐女魔艾里斯克欧，到冥界后，穿越了七重大门，每过一门，都被褪去一层衣物或饰物，直到全裸，并被判了死刑，她愤怒呼救，但一只无形的手让她失去了声音，最后她变成僵尸，被挂在木桩上。后来，天神安奇派天使把生命之食和生命之水洒在她尸体上，于是女神复活。

过　错①

当她的坟墓张开丑恶的嘴
你为什么不飞走了之，
把你自己裹进头发里躲避，
你为什么在坟前跪下
让人认出来
任由那些手中握着
墓碑的灰色花岗石块
当作无罪凭证的人
指控和定罪？

你一定是听错了一句话。
你总是把呢喃的英语
错听成希伯来语或是德语。
她的坟墓恰如其分地吐露了它的谜语。
然而也许你在空中的某处
听到你自己的一个没被说出的
难解之谜的答案。听错了，

---

① 休斯有两段婚姻。1956 年，26 岁的休斯与 24 岁的普拉斯相识并结婚。
1962 年，婚姻破裂。之后休斯娶了埃西亚·韦维尔。第二年，普拉斯自
杀。普拉斯去世的第六年，韦维尔也选择了同样的方式自杀。

误解了，于是温顺地跪下。

或许他们不会向你投石
如果你变成修女
并在她死亡的圣地
无私地把自己烧成灰烬。
因为那就是你做的。自那一刻起
商店，工作，年幼的女儿，德国互换生
就仅仅是轮廓而已
在献祭的火焰里，一种扭动
搂住了你
并吞噬了你的整个生命。
我眼睁睁看着你把自己喂给火焰。
你为什么不用毯子把自己包起来
去医院
抛下整个错误——就叫它
错译不行吗？

相反，你却把自己喂给那些火焰
六个完整的日历年——
每一个沾着焦油和硫黄的日子
被小心翼翼地撕下，
一次一天，从不浪费，
你耐心得像是在哺育孩子。
而你不是在哺育孩子。
你所做的一切是为了变得坚强，

等候你的骨灰

烧得彻底，冷却。

最后他们做了个小石冢。

关于以利亚斯①的诗行

致汤姆·冈恩②

音乐帮了他吗？的确帮上了忙。
他简陋的音乐，乐器
模仿得莫名其妙，却奇怪地
在营地的恐慌中
用音乐恢复了秩序。
他们会像狒狒一样
在部落分崩离析的某个疯狂阶段
历经饥荒，或是遭受
空中有毒粉尘的影响。
但是他的音乐，有那么几个时刻
引领他们进入一个队列
在那儿营地根本不曾存在
他们悲伤的身体也不曾存在。

所以他肚子上的疥疮、褥疮
以及发炎的地方

---

① Elias，希腊文的拉丁音译，意思是"耶和华我的神"，以利亚斯是希伯来
  先知。
② 汤姆·冈恩（1929—2004），英裔美国诗人，在英国和美国时期都受到了
  赞扬。

让以利亚斯变成了凶恶的小丑乌鸦

讥笑他，扯下他的裤子

和他在烂泥里打架

他们没有理会他的音乐

没有追随它的任何音符

也没有搅乱他的演出

在那演出中他的狱友们得以逃离

他们的破烂衣衫，他们最后的几个糟糕时辰，

他们未来的几个可怕甚至是致命的日子，

或早或晚几乎确定无疑的致命的日子

就站在他们旁边，走几步

就离开时间的长廊，站在一群人当中

就在它外面，那儿的空气一片死寂，

在休戚相关的众灵魂中，

音乐为赤裸无声的身体发出声音

似乎它是大地的内心

而其他的一切——

时间在那儿用它们柔软的表面

撕扯着坚硬的东西——

不过是些褴褛衣衫

碰巧披着，可以无视。

音乐不知从哪里倾泻而出

奇怪的食物

在那些时刻让他们

无法觉察他们的饥饿

并对他们的人性漠不关心

当警卫们也褪去

逃离他们的人性

把自己沉进那声响中

像是沉入公共澡堂

在那儿所有人都是无名的新生儿

所有人都同样无辜

都同样天真毫无防备

事实上警卫们更无防备

更加赤裸裸地渴求着

更多这样的音乐

鸽 子

　　啪地折断缆绳般的嫩枝——腾空——
被梦猛然拉进真空
翅膀在窃笑。

另一只，仓皇中，猛然飞升躲开。

它们全速冲过树的迷宫——
那几近难以驾驭的爱的重负。

时而是
神庙的舞者，着了魔，
受神圣力量的指引
穿越疯狂、庄严的抽搐。

鸽子的欲念和血液的光辉
跃动急驰
带着弧光
突降，还有慢慢喷射的爆发。

时而疯也似的消失

骑乘着蛇一样的爱情长鞭
在母马和公马的闪耀中

时而逗留
缠绕在一根树枝上
翻腾着熔化，头重脚轻地摇晃着
进入一与多。

休斯生平记事

1930 年 8 月 17 日，特德·休斯出生于英格兰约克郡的米索尔姆伊德（Mytholmroyd），原名爱德华·詹姆斯·休斯（Edward James Hughes）。父亲是威廉·休斯（William Hughes），母亲是爱迪丝·法拉尔（Edith Farrar）。长他十岁的哥哥名叫杰拉德·休斯（Gerald Hughes），长两岁的姐姐名叫奥尔雯·休斯（Olwyn Hughes）。

1938—1939 年，休斯一家搬至约克郡的迈克斯博罗（Mexborough），经营一家卖报刊和烟草的商店。

1943 年，休斯在迈克斯博罗文法学校（Mexborough Grammar School）就读。

1945 年，写下处女诗作。

1946 年，诗作在校刊《唐恩和迪尔恩》（*Don and Dearne*）上发表。

1948 年，获得剑桥大学公共奖学金。

1949 年，在英国皇家空军（RAF）驻威勒尔半岛（the Wirral）的西柯比（West Kirby）接受基本兵役训练，此间用了大量时间来阅读莎士比亚的作品。

1951 年，就读剑桥大学彭布罗克学院（Pembroke College, Cambridge），攻读英文专业。此间大量阅读民间传说和叶芝的作品，喜爱贝多芬的音乐。

1952 年，休斯一家搬到西约克郡的赫普顿斯托尔（Heptonstall）。

1953 年，休斯弃修英文专业，改修人类学和考古学专业。

1954 年，休斯从剑桥大学彭布罗克学院毕业，获得人类学和考古学的学位。此间曾用丹尼尔·希尔英（Daniel Hearing）和彼特·克鲁（Peter Crew）做笔名写诗。

1955—1956 年，曾用笔名约翰森·戴斯（Jonathan Dyce）发表作品。居住于伦敦和剑桥两地。曾计划到西班牙教书，再移民澳大利亚。

1956 年，创作《思想之狐》。与美国女诗人西尔维娅·普拉斯（Sylvia Plath）两度见面之后于 6 月 16 日结婚。同年创作并发表了《雨中鹰》里的大量诗作。

1957 年 9 月，《雨中鹰》出版，奠定了休斯诗坛新秀的地位。同年 12 月，休斯在 BBC 朗诵该诗集。此后他长期与 BBC 合作，出席各类节目。

1959 年 4 月，获得古根海姆奖学金（Guggenheim fellowship）。

1960 年，《卢柏克节》（又译《卢泼卡尔神》）出版。3 月，《雨中鹰》获得毛姆奖（Somerset Maugham Award），同月《卢柏克节》获得霍索恩登奖（Hawthornden Prize）。4 月，他的第一个女儿弗里达·丽贝卡·休斯（Frieda Rebecca Hughes）出生。

1962 年，《诗选》出版，1 月，他的儿子尼古拉斯·法拉尔·休斯（Nicholas Farrar Hughes）出生。此间休斯离开妻子普拉斯与情人埃西亚·韦维尔（Assia Wevill）共处。

1963 年 2 月，妻子普拉斯开煤气自杀。对休斯造成极大影响。

1964 年，通过亚伯拉罕·沃尔瑟尔基金会（Abraham Woursell Foundation）获得维也纳大学（University of Vienna）为期五年的

讲师薪金。

1967年，《沃德沃怪物》（又译《林神》）出版。

1968年，童话诗《铁人》，又名《铁巨人》出版，此作于1999年被改编成电影《铁巨人》搬上荧幕。

1968年，休斯改编了罗马哲学家、悲剧作家、政治家塞涅卡（Lucius Annaeus Seneca）的作品《俄狄浦斯》。

1969年3月23日，埃西亚·韦维尔带着她与休斯所生的4岁女儿舒拉·休斯（Shura Hughes）自杀，直接死因系煤气中毒。5月，休斯母亲去世。同年休斯获得佛罗伦萨国际诗歌奖（City of Florence International Poetry Prize）。

1970年，《乌鸦》出版，同年休斯与卡罗尔·奥查德（Carol Orchard）结婚，与之终老。

1974年，休斯把乔杰思·舍哈德（Georges Schéhadé）的戏剧《瓦斯科的故事》改编成歌剧剧本，并在这一年以歌剧的形式首次登上舞台，后来该剧在2009年按休斯的原稿再次登上舞台。

1975年，《穴鸟》出版。

1977年，《天使之音》出版。同年获得英帝国勋章（Order of the British Empire）。

1979年，《埃尔梅特废墟》出版。同年其诗集《月铃及其他》获得卓越诗歌奖（Signal Poetry Prize）。休斯此年被评选为英国新诗（New Poetry）最佳诗人。

1981年，休斯父亲去世。

1982年，休斯与谢默斯·希尼（Seamus Heaney）合编的诗集《杂物袋》出版。同年从埃克塞特大学（University of Exeter）获得荣誉学位。

1983年，《河流》出版。同年休斯与希尼共获卓越诗歌奖。

1984 年 12 月，休斯被英国王室封为桂冠诗人（Poet Laureate）。

1985 年，诗集《什么是真理?》获得卓越诗歌奖。

1986 年，获得剑桥大学荣誉学位。

1989 年，《望狼》出版。

1992 年，《为公国祈雨》出版。

1993 年，《莎士比亚和完在女神》出版。

1994 年，休斯的文集《冬日花粉》出版。

1995 年，《新诗选：1957—1994》出版。

1997 年，翻译作品《奥维德故事集》出版。

1998 年，休斯回忆前妻普拉斯的诗集《生日信札》出版，获诗歌进步奖（Forward Prize for Poetry）。同年《奥维德故事集》获得惠特布莱德年度图书奖（Whitbread Book of the Year Prize）和 W. H. 史密斯文学奖（W. H. Smith Literature Award）。休斯获得剑桥大学文学博士奖（Award of D. Litt.）。

1998 年 10 月 28 日，休斯在伦敦去世。

1999 年，《生日信札》获得 T. S. 艾略特诗歌奖（T. S. Eliot Prize for Poetry）、南方银行文学奖（South Bank Award for Literature）以及惠特布莱德年度诗歌和图书奖。

2007 年，克里斯托弗·瑞德（Christopher Reid）编辑出版了休斯的书信集《特德·休斯信札》。

2014 年，汇集了休斯动物诗的诗集《特德·休斯的动物寓言》出版。

译后记

　　在翻译这本诗集之前，我对特德·休斯和他的诗歌了解得并不全面，更谈不上什么深刻的理解。有幸得友人刘巨文推荐，从广西人民出版社争取到宝贵的机会，可以比较从容地译完休斯的诗选。最初的想法非常简单，就是想尝试着完整译出一本诗集，但是直到工作结尾阶段，才发现这个想法是如此简单而又不简单，因为倘若一开始就想得太多，很可能坚持不到最后。

　　我用了大概一年半的时间才勉强把初译稿件整理完毕，再用了近三个月的时间做校对和润色。后来多亏编辑对译文中大量的错误和不妥之处做了细致的校对工作，我才认识到自己的译稿还有很多地方有待改进，在此对他们表示衷心的感谢！正因为他们细致审校，我才有了额外的契机来玩味休斯在词、句、篇三方面的几个特点，斟酌译文字句。

　　休斯的诗给人的第一印象是他的语言并不算难，但在选词上却非常考究。例如，在翻译这部诗集的第一首诗《思想之狐》的时候，我不得不在"delicately"一词上停顿，琢磨这里措辞的用意和这一句话主干结构的逻辑。这个词是个副词，休斯给它挑选的位置可以让它产生两种不同的效果，一种效果是对该词前面的"冰冷"做进一步修饰，从而传达出"delicately cold as the dark snow"的意思，也就是理解为狐狸的鼻子冰冷、精致得像暗夜的雪；另一种效果是对狐狸的鼻尖触碰的动作进行修饰，从而理解为"A fox's nose delicately touches twig, leaf as the snow（does）"，即是说它碰到枝叶的时候很轻、很小心，就像暗夜里雪落在枝头上那种难以觉察的动静。我倾向于后一种理解，原因就在于诗中的这只狐狸神出鬼没、小心谨慎，很多描写都是围绕它的这种动作特征，同时这可能跟灵感触碰人的头脑时的体验比较一致。所以最终将这两行诗文译成"一只狐狸的鼻子，冰冷似暗夜的雪/小心精细地触碰着枝条和叶"——目的就在于烘托这种动作的"精致"。但是这种权宜之计终究还是不能将两种，甚至是我还没有意识到的某种微妙蕴意包罗在内，实属遗憾。

像上面的例子不只一个，它们让我不得不做出一些困难的抉择。又如在《鬼蟹》这首诗里，有一行诗是这样的："a bristling surge/Of tall and staggering spectres." 这描写的是暮光中涌上海滩的螃蟹，昏暗的光线让它们影影绰绰，好似晃动的鬼影。不过这里的 "tall" 却让我一时难以下笔。仔细推敲该词，就会发现这里要是按它的常用意思译出，似乎有些牵强：就算这些螃蟹是在叠罗汉，它们又能叠多"高"？在查实这个词的意义和用法之后，我才领悟到休斯在措辞上的技艺令人叹服。这一个词既有"高"的意思，又有"大量"的意思，还有"夸张""难以置信"等含义，恰如其分地把那种缥缈虚幻的视觉感受凝结在一个词上。从诗学角度讲，这值得大书一番，但是从翻译角度来看，这就是个很棘手的事：想要把这些意思都凝聚在一个中文词语上，可能只有技艺高超的诗人才能拈来恰到好处的妙辞。可我不是，于是只能基于常识和个人经验将之译成："令人毛发倒竖的涌动/长长的、摇摆不定的鬼影"——因为这个词还能表示"长"的意思，即暮光把螃蟹的影子拉得很长。

休斯措辞精准的特点让我必须对一些词的译法思考再三。显著的例子就是一些动物的名称，如他的一部诗集题名"Hawk in the Rain"和"Hawk Roosting"一诗里的猛禽"hawk"一词该怎么译出才好？按辞书释义，它是指任何种类的有短且为钩状的喙和适于捕捉的利爪的隼形目肉食性飞禽，一些辞书还特别指出它尤指鹰属及鵟属动物，可象征积极好战的或有侵略性态度的人，即"鹰派人物"。单以这些而言，按传统译法将之译为"鹰"是没问题的。但是休斯的"Hawk Roosting"的知名度堪比阿尔弗雷德·丁尼生的《鹰》（The Eagle），那么这两个英语单词所指的物是一样的吗？可代换吗？这些疑问带来不小的困扰。于是我查找各类资料，对两者进行对比，最后认为这两个词对应的物是不同的。两者不光是形体上存在差异，它们的习性、栖息地等也不一样，更重要的是它们的象征意义也不尽相同。然而，辞书里两者的译名却可以代换：都是"鹰"——这让我深切体会到词与物无法完美对应的现实。所以，是延续传统，继承使用"鹰"的译名，还是注重休斯笔下这种猛禽擅长捕猎，侵略性强的特征，换译为"猎鹰"？这似乎是一个哈姆雷特式的问题。答案肯定是以最终面世的译名为准，但不论敲定的是哪一种，都值得读者去细细品味原文，追本溯源。

还有一个类似的典型例子是《去牛角》一诗里多次出现的"cow"。如题所示，该诗描绘的是拔牛角的场景。一开始我想把它直接译成"牛"，因为一般公牛角是有威胁性的武器，而且该词可以指不分性别和年龄的家牛。但是，我越往后译越意识到休斯用这个词不是指不分性别的家牛，而是在用它通常的所指："母牛"。因为它是个"她"，有"母系家长做派"，"乳头"是对它失去牛角的补偿，所以，只能把前面所有牛的泛称都换成母牛。改动之后再读这首诗，意义的层次就出现了变化，之前觉察不到的性别议题就会变得清晰起来。

　　提及休斯诗文里的性别议题，就不能不提他在一些诗句里用到的"man"或"men"。例如在《寻求经验的人问道一滴水》一诗的题目里，是把"man"这个词译为"人"这个泛称，还是要保留它的性别指示？题目和诗文都可以看到休斯对性别的明示，而性别研究在诗学研究领域有着不可或缺的地位，翻译时能不能传达出这些方面的含义是一个比较微妙的问题。仔细一想，诗歌不正是在这些妙不可言的地方发人深省吗？

　　谈过词，就可以稍微站远一点，从整体上来看看休斯的诗句。休斯在这方面的一个特点是一些诗没有句读，诗文没有明确断句。这样的诗还不止一首，这种手法给读者和专业学者留下了丰富的阐释空间和可能性，但就翻译而言，它是个不折不扣的难题。例如《乌鸦的梳妆台》这首诗从头到尾没有一个标点符号，不给文字意象设定秩序，让它们好似马赛克一样拼贴，就像影视蒙太奇，这样做明显增强了诗文"阴森怪异"的表现效果；同样在《蚊子赞美诗》里，大量没有句读的诗句夹杂在一起，为此我不得不常常停下来琢磨前后文之间是什么关系，或者究竟有没有关系——原因在于现代主义诗学和后现代诗学都有这种特征，而休斯可能是兼具两者风格的诗人，译法的抉择无异于对他诗学身份的判定。最后形成的译文更像是一种尝试，而不是定论。

　　除了不标句读，休斯诗句的另一个特点是诗句大幅度跨行（enjambment）。就像《遇见》这首诗，全诗一共六个诗节，有且仅有两个句号；第一句跨了五行，第二句跨了剩下的所有篇幅。这并不是一个特殊个案，《替罪羊与狂犬病》组诗里的第四首《两分钟沉默》只有一个句号。如果说句号是一个句子的完结标识，那么这首诗就只有一句话，而这句话跨了全诗的几十行诗文。这两个突出的例子背后还有很多没有明显到这种程度的跨行诗文，对译者来说都是不小的挑战，因为如何先断句再寻求意义的连接，会直接影响休斯和读者之间的交流。作为译者，不应让一些关键的意义符号迷失在翻译的过程中，令译文苍白得像病人的脸色。

更甚者，休斯在一些诗句里混合了前面的几种难题，让翻译变得难上加难。例如《保留地》组诗的第二首《夜之声》，只有那位部落首领说的话有清晰的句读，其余地方没有一个标点，而且明显支离破碎的语言系休斯刻意模仿一个不熟悉英语的人在回溯噩梦梦境，借助这种逼真的手法可以让人沉浸其中。就像另一首诗《富尔格雷夫的女友们》，休斯用一句非常拗口的话惟妙惟肖地把一个可能喝醉了酒的男人对身边女人的看法传达出来。这句话虽然有标点，但是意义缠结、杂糅，恰如其分地模仿出男人那种纠结的心态。然而，这些却会让我倍感纠结——是要保持破碎语言的原貌，让读者直观地感受破碎感，还是灌注意义，填补空白，把碎片连接起来？难缠的话是让它在译文里保持本真还是对之做出整理，给出意义解析的头绪？每逢这种困境，我都暗想，要是休斯的诗句写得都像诗集《乌鸦》里的《世系》或者《子宫口的审讯》那样多好，然而休斯是个诗歌奇才，风格丰富多样，诗艺精妙纯熟，上述案例的费解之处，甚至是不可译性，可能就是他诗学成就的最佳证明。

看过休斯的诗句，就可以从更宏观的角度来玩味休斯在诗篇上的立意。这本诗集丰富多样的内容是翻译工作的另一巨大挑战。入选这本诗集的不仅有休斯多部诗集之精华，甚至还有一些零散诗篇。如何将重要的、关键的、广为人知的诗译出特色，把新编入的、鲜为人知的诗译得恰到好处，这些考虑一度拖慢了翻译进程。这本诗集汇集了一些私密性比较高的诗作，跨越了公与私的空间维度，如休斯与父母长辈的生活点滴、与妻子儿女的回忆片段等。那些喜、怒、忧、思、悲、恐、惊都被他细腻地捕获并提炼成标本诉诸笔端。这对品评来说是件美事，但是对译者来说，就意味着要熟悉诗人的生活，要从不知到知，再到熟知，恨不得化身为灵体从休斯的眼中去看他身边亲近的人和事。

这本诗集也汇集了大量跨越时间维度的诗作。在这些作品里，休斯不停地变换角度来回顾人类文明的历史创伤——战争，这时他既是一个战后的现代年轻人，又是一个经历战争洗礼的垂垂老者。当读者对它们传达的情感和意义唏嘘扼腕的时候，我作为译者却不得不想尽办法翻查资料，对诗中的人、事、地等做全面甄别，唯恐有负休斯的创作初衷。

这本诗集还汇集了不少跨越文化维度的诗作，既有涉及北美印第安文化的，也有涉及中东文化的，还有远及中国和日本民间传说的，体现了休斯这位西方诗人对文化多元化的观察和思考，令人耳目一新。对译者来说，翻译这类诗歌的收获是巨大的。翻译过程就是一种思想的生成，要不断地跨越文化辖域的藩篱，才能让一种文化的文字符号传递出休斯用另一种文化的文字符号想要传递的其他文化的内涵来。

但上述种种还不是这本诗集的全部维度，还有一个重要的维度是休斯想极力触及的，也是最休斯化的一种跨越，那就是他解除人的辖域，建立跨物种联系的动物诗。这些诗既抽象又具体，既缥缈又切实，既远又近，既冷酷又温暖，既残忍又仁慈，既深刻又简单，就像是营养丰富的思想食粮，读完之后，精神上有一种七分饱的感觉。也许，休斯在创作这些诗的时候，想传达的信息就像他在《鸬鹚》一诗里写的那样："他把所有东西从尾端蜕去/仅留下鱼类动作，变成鱼，//从鸟类消失，/将他自己溶解"——

读者只有尝试将自己作为"人"的身份溶解，从"人"的辖域里消失，变成形形色色的动物，才可能得到那份诗意的收获。唯有这般，"沃德沃怪物"的意义才会变得清晰，读者才会为休斯笔下新物种的诞生而欢呼雀跃。在这方面，通过阅读杨铁军翻译的《诗的锻造》和吴小龙编辑撰写的《诗歌，一个新物种的诞生——读休斯的〈思想之狐〉》等作品后，一定会有更好、更深切的感触。

在翻译和审校进入尾声时，感慨良多。再将拙作和大师、大家的译作相对比，总觉得自己的翻译少了些妙不可言的神韵，而这些神韵，也正是大家们精湛技艺的体现和深厚诗学功底的展露。反观自己，即便再给一些时间去打磨精修，也难以望其项背。路漫漫其修远兮，唯愿本诗集的译后记，成为我进一步提升诗学修养的起点。

谨以此书敬献给我的恩师张剑教授和我的家人、朋友们！

曾　静

2020 年 7 月